KB093189

행복한 어린왕자

생텍쥐페리 앤솔러지

행복한 어린왕자

생텍쥐페리 앤솔러지

초판 1쇄 | 2009년 5월 12일

편 역 | 김하
펴낸이 | 유동범
펴낸곳 | 도서출판 토파즈

출판등록 | 2006년 6월 26일 제313-2006-000137호
주 소 | 서울시 마포구 합정동 387-10번지 2층
전 화 | 02-323-8105
팩 스 | 02-323-8109
이메일 | topazbook@hanmail.net

ISBN 978-89-92512-19-0(03860)

행복한 어린왕자

생텍쥐페리
앤솔러지

김하 편역

Antoine de Saint-Exupéry Anthology

행복한 어린왕자를 만나러 가다

『어린왕자』와 『야간비행』, 『성채』 등을 쓴 행동주의 문학가로, 전쟁의 소용돌이를 헤치며 새로운 항로를 개척한 모험가이자 비행사로 우리나라뿐 아니라 전 세계에 널리 알려져 있는 생텍쥐페리. 그의 삶과 죽음은 지금껏 베일에 가려져 있다. 1944년 7월 31일 P-38 라이트닝기를 타고 정찰에 나섰다가 갑자기 사라진 이후 그의 죽음을 둘러싼 논란은 끊이지 않고 있다. 1998년에는 그의 유물이, 2000년에는 그의 정찰기로 추정되는 잔해가 발견되었지만 그에 관한 수수께끼를 명확하게 풀지는 못했다.

그나마 다행인 것은 자신의 체험이 고스란히 녹아 있는 작품을 통해 그의 면면을 마주할 수 있다는 것이다. 그의 작품 속에는 하나같이 인간의 삶과 사랑의 본질을 찾고자 하는 의지가 생경하게 드러나 있다. 또한 그는 개인보다는 집단을 우선하고 인간성의 풍요, 깊이, 가능성 등을 행동의 긴장 속에서 표출했을 뿐만 아니라 독특한 주제와 문체를 개척한 작가로 평가받고 있다.

하지만 아이러니컬하게도 프랑스 문단은 그를 장래가 기대되는 작가로 주목하면서도 기존 질서에 반기를 드는 이단아로 푸대접했고, 비행사들 사이에서도 환대를 받지 못했다. 그렇다고 그는 좌절하거나 절망하지 않았다. 순수하고 간결하면서 시적인 언어로 자신만의 작품세계를 차곡차곡 구축해갔으며, 당지로서는 너무나 위험한 야간비행과 정찰 임무를 묵묵히 수행했다.

그의 작품은 현대 문명에 대한 탁월한 비평이자 인간이 인간으로서의 긍지를 되찾기 위한 꾸준한 노력이다. 대부분의 작품은 동료애와 고독에 관한, 사막과 산맥과 낯선 부락들에 관한, 그리고 전 세대의 어떤 작가도 목격하지 못한 구름 위의 초지상적 장관에 관한 회상들로 이루어져 있다. 또한 그는 프랑스의 산만한 산문을 전통적인 수사법에서 해방시켰으며, 단순한 허구에서 탈피해 개인보다는 모든 인간을 사랑한 휴머니즘과 행동주의 문학을 추구했다.

이 책은 생텍쥐페리가 쓴 주요 작품집에서 밤하늘의 별처럼 반짝이는 인생의 나침반이 되고, 미처 발견하지 못한 사랑과 행복의 순간을 스스로 찾게 해주고, 인간에 대한 사색과 성찰의 시간을 갖게 해주는 글을 중심으로 엮은 앤솔러지(Anthology)다. 따라서 생텍쥐페리의 작품세계를 한눈에 읽을 수 있을 뿐더러 되씹을수록 지성과 감동이 진하게 우러나는 문장들 사이로 자신의 삶을 한 번쯤 돌아볼 수 있는 기회가 될 것이다.

어찌 보면 생텍쥐페리야말로 가장 행복한 작가다. 매년 수백만 부씩 판매되는 베스트셀러 작가이기 때문이 아니다. 사람들은 아직도 사막과 장미와 여우와 샘과 별을 볼 때면 '행복한 어린왕자' 생텍쥐페리를 떠올리며 마음 설레기 때문이다.

'가장 소중한 것은 눈에 보이지 않고 마음으로 보아야 한다', 그리고 '자기가 길들인 것에 대해선 영원히 책임을 져야 한다'는『어린왕자』속 짧은 문장이 우리의 마음속 깊이 새겨져 있듯, 이 책에 수록된 글들 또한 독자들이 살아가는 데 큰 힘이 되어주기를 바란다.

차례

넌 어디서 왔니?

그녀를 발견하다

나는 또다시 샘물을 발견했다. 기나긴 여독을 푸는 데는 샘물이 필요했고, 그 샘물은 눈앞에 있었다. 다른 샘물은…….

언젠가 우리는 우리의 여인들에 대해 말했다. 사랑을 받고 난 후의 여인들은 멀리 별 속으로 버림을 받는다고. 그 여인들은 우리 마음의 건축물에 불과하다고. 그녀의 마음속에 또 다른 무엇이 살고 있다고 말이다.

난 누군가 사물의 의미를 발견한 것처럼 그녀를 발견했다. 그리고 그녀의 옆에 누워 있을 때 비로소 어떤 내부를 들여다볼 수 있는 세계를 걸어가고 있었다…….

– 남방우편기

무엇의 이름으로?

"보편적인 이익은 개인의 이익이 모여 이루어지는 것이네. 그 외에 정당화시킬 것이라곤 아무것도 없네."
언젠가 리비에르는 한 비행사에게 말했다.
"그러나 인간의 생명을 값으로 매길 순 없다 해도 우리는 언제나 무언가가 인간의 생명보다 더 가치 있는 것처럼 행동하지. 그러나 그것이 무엇이겠는가?"
비행기의 탑승원들을 생각하니 리비에르는 가슴이 조여왔다. 행동이란, 그것이 다리를 건설하는 행동일지라도 행복을 깨뜨린다. 리비에르는 이제 '무엇의 이름으로?'라고 자문하지 않을 수 없었다.

– 야간비행

여긴 왜 왔니?

"안녕?"

"안녕?"

어린왕자가 사막에서 만난 뱀에게 물었다.

"지금 내가 도착한 곳이 무슨 별이지?"

"지구야. 아프리카지."

뱀이 대답했다.

"그래……! 근데 지구에는 사람이 살지 않니?"

"여긴 사막이야. 사막에는 아무도 없어."

어린왕자는 돌 위에 앉아 하늘을 올려다보았다.

"누구든 언제고 다시 자기 별을 찾을 수 있도록 별들은 환하게 빛을 내고 있다고 생각해. 내 별을 바라봐. 바로 우리 위에 있어……. 그런데 어쩜 저렇게 멀리 있는 거지?"

"아름답구나. 근데 여긴 뭣하러 왔니?"

어린왕자가 말했다.

"난 어떤 꽃하고 조금 골치 아픈 일이 있단다."

"그렇구나."

"사람들은 어디 있지? 사막에선 조금 외롭구나……."

뱀이 말했다.

"사람들이 모여 사는 곳에서도 외롭긴 마찬가지야……."

– 어린왕자

더 이상 논쟁할 필요가 없다

나무 한 그루가 진실한 모습으로 성장하는 것은 모든 것이 진실이기 때문이다. 내 사랑의 침묵 속에서 나는 백성들의 더듬거리는 말투와 분노의 외침, 그리고 웃음과 불평들을 참을성 있게 들어왔다.

나는 젊은 시절의 내 사상과 다투는 것이 아니라, 보다 강력한 언어를 찾지 못해 변호사와의 논쟁을 포기했다. 그때 나는 표현력이 서툴다는 사실을 깊이 느꼈다. 그후 더욱 치열하게 논쟁을 벌일 수 있게 된 나는 처음의 그 확고부동한 태도를 버리지 않았다. 왜냐하면 하나의 샘처럼 진정한 신념이 솟는다면 그것을 뒷받침해줄 막강한 무기가 필요하기 때문이다. 아무렇게나 내뱉어지는 모호한 언어들을 이해하려 하지 않자 차라리 더욱 소박하게 이해하려 애쓰는 쪽이 낫다는 생각이 들었다. 씨앗에서 시작되는 나무가 뿌리와 줄기와 가지가 모두 완성될 때까지

기다리듯이 말이다. 그땐 이미 나무가 존재하므로 더 이상 논쟁할 필요가 없어지는 것이다. 그리고 그 나무 한 그루만으로 충분히 나를 보호할 수 있기 때문에 이쪽 나무와 저쪽 나무 중에 하나를 선택해야 하는 번거로움도 없다.

내가 사용하는 문체의 모호함은 나의 문장이 지닌 모순처럼 증거가 불확실하거나 비논리적인 것이 아니라 좋지 못한 언어습관이 초래한 결과이다. 왜냐하면 정당화하지 않아도 될 하나의 내면적인 태도, 하나의 방향, 하나의 무게, 하나의 경향은 모호한 것도, 모순된 것도, 불확실한 것도 아니기 때문이다. 조각가가 진흙을 반죽할 때는 아직 형체를 갖추지 못했지만, 그가 빛을 흙 속에 어떤 형상을 갖추고자 하는 욕구가 있는 것처럼 그것도 단지 존재하는 것이다.

- 성채

사람들은 나를 모른다

그 도시에서 문득 나는 그 겨울의 얼어붙은 저녁시간을 걷고 싶었다. 그래서 외투깃을 세우고 행인들 틈에 끼어 내 젊은 열정을 산책시켰다. 나만의 비밀을 간직한 채 낯선 사람들과 스쳐가는 것이 자랑스러웠다.

이 바보 같은 사람들은 나를 모른다. 새벽마다 나는 우편낭 속 배달물을 통해 그들의 걱정거리와 열정을 확인할 수 있다. 그것을 운반하고 책임

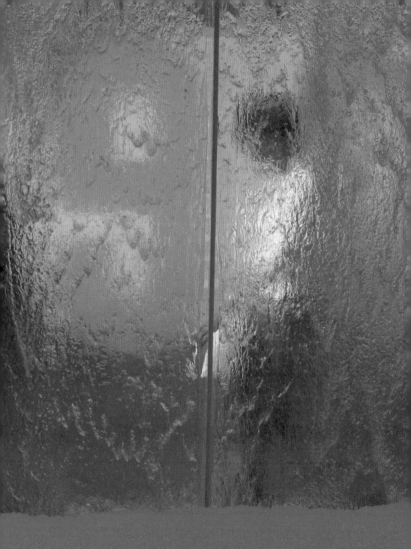

지는 사람이 나라는 사실을 어찌 알겠는가. 아주 짧게는, 저들의 희망도
내 손안에 놓인다.
나는 외투로 몸을 감싼 채 그들 가운데로 마치 보호자처럼 걷고 있지만,
그들은 나를 전혀 알아보지 못한다.

— 인간의 대지

나의 소망

그대가 사막에서 목이 말라 죽어간다 해도, 신이 찾아왔던 우물이 말라
버려 우물을 뒤덮은 모래를 걷어내기 위해 그대가 생명의 피를 다 쏟는
다 해도 그대가 그대 속에 자리잡고 있기를 나는 소망한다.

— 성채

넌 두 얼굴을 가지고 있다

물, 너는 맛도 없고 색깔도 없고 향기도 없어서 함부로 정의하기 힘들다. 그러나 사람들은 너를 알지 못하면서도 너를 맛본다. 너는 생명에 꼭 필요한 무엇이 아니라, 네가 바로 생명이다. 너는 우리에게 감각으로는 도무지 표현할 수 없는 기쁨을 선사한다. 너와 더불어 우리가 단념했던 모든 힘이 되돌아온다. 네 덕분에 말라버린 가슴속 샘물이 다시 솟아난다.

물, 너는 이 세상에서 가장 큰 보화이고 너는 가장 섬세해서 대지의 뱃속에서 그렇게도 맑은 것이다.

산화마그네슘을 함유한 샘물 위에서는 인간이 죽기
도 한다. 소금호수 두어 걸음 옆에서도 죽는다. 뿐만
아니라 미세한 염분을 함유하고 있는 몇 리터의 이슬
만으로도 사람이 죽는다.

물, 너는 어떤 혼합도 받아들이지 않고 어떠한 변질
에도 견디지 못하기에 무척이나 까다로운 여신이지
만 우리에게 단순한 행복을 무한히 쏟아주고 있다.

- 인간의 대지

측량할 수 없는 인간의 제국

우리는 흰개미가 아니라 인간이다. 이제 더 이상 우리에게는 수나 종족의 법칙이 해당되지 않는다.

계산에 정통한 물리학자가 자기 집 지붕 아래 방에서 도시의 중요성을 비교하고 있다. 뜬눈으로 밤을 지샌 암환자가 바로 공포의 중심인물이다. 어쩌면 광부 한 명이 수천 명의 사람들이 죽어가는 것과 비길 만하다.

나는 인간이 문제가 될 때 이 무서운 숫자를 사용할 줄 모른다. 누군가 내게 '단지 인구문제에서 볼 때 수십 명의 희생자는 무슨 의미가 있습니까? 불타버린 몇 채의 신전은 계속 살고 있는 한 도시의 입장에서 보면 무엇을 의미합니까? 바르셀로나는 어디에 공포가 있습니까?'라고 묻는다면, 나는 이런 관점을 거부한다. 아무도 인간의 제국을 측량하지 못한다.

자기 수도원에서, 자기 실험실에서 사람 속에 갇혀 있는 사람은 겉보기에 나와 두 걸음 정도 떨어져 있지만, 사실은 티베트의 고독 속에 잠겨 있는 것이다. 어떤 여행도 불가능한 먼 곳에 있는 셈이다. 만약 내가 이 처량한 벽을 허물어버린다면 어떤 문명이 아틀란티스처럼 바다 밑으로 영원히 침몰하게 될지 나도 모른다.

작은 숲에서의 자고새 새끼 사냥, 오빠들에게 얻어맞은 소녀. 아니다. 나를 두렵게 하는 것은 죽음이 아니다. 죽음은 생명과 연결될 때 비로소 나와 정답게 여겨진다. 나는 이 수도원에서 죽는 날이 바로 축제의 날이라고 상상하고 싶다…… 하지만 고상한 인간이 갑자기 괴물로 돌변하는 저 소행, 대수학자의 증명, 이 모든 것을 나는 거부한다.

– 정열의 스페인

너무나 작지만 소중한

나는 어린왕자가 사는 별이 집 한 채보다 클까 말까 하다는 사실을 알게
되었다. 그런데 그건 놀라운 일이 아니었다. 우주에는 지구, 목성, 화성,
금성과 같이 사람들이 이름을 붙여놓은 커다란 떠돌이별들말고도 또
다른 떠돌이별이 수백 개가 있는데, 어떤 별은 너무 작아 망원경으로도
찾아보기 힘들었던 것이다. 천문학자가 그런 별을 발견하면 이름 대신
고유의 번호를 매겨준다. 이를테면 '소혹성 3251호'와 같은 식으로.

– 어린왕자

등불을 켠다는 것

다섯 번째 별은 점등인의 별로, 모든 별들 중에 제일 작았다. 가로등 하나와, 그 가로등불을 켤 사람이 머물 자리밖에 없었다. 우주의 한구석, 집도 없고 사람도 살지 않는 별에서 점등인이 무슨 소용이 있는지 어린왕자는 도무지 이해할 수 없었다. 그럼에도 그는 마음속으로 중얼거렸다.

'이 사람은 어리석은 사람인지도 몰라. 그래도 왕이나 허영심 많은 사람이나 사업가, 혹은 술꾼보다는 덜 어리석은 사람이지. 적어도 그가 하는 일은 의미가 있거든. 등불을 켠다는 건 별 하나를, 혹은 꽃 한 송이를 더 태어나게 하는 것과 마찬가지니까. 등불을 끄면 그 꽃이나 별을 잠들게 하는 거고. 참 아름다운 직업이군. 아름다우니까 진실로 유익한 거고.'

– 어린왕자

바람에 불려온 씨앗처럼

나는 한없이 순결한 모래 위를 걸었다.

나는 이 조개껍데기의 가루를 값진 황금인 양

한 손에서 다른 손으로 흘려보낸 최초의 사람이다.

이 정적을 깨뜨린 최초의 인간이 나다.

태곳적부터 풀 한 포기 자라나게 해본 적이 없는

북극의 빙하와도 같은 곳에서,

나는 바람에 불려온 한 톨의 씨앗처럼 생명의 첫 증인이 된 것이다.

- 인간의 대지

나는 그대를 향상시킬 것이다

나는 논쟁과 배타적인 행동과 광신에 넌더리가 난다. 나는 제복을 걸치지 않고, 『코란』을 암송하라는 강요를 받지 않고, 내가 믿는 그 어떤 것도 단념하지 않고 그대의 집에 들어갈 것이다. 그대 곁에 머물며 나는 나 자신을 변호할 필요도, 옹호할 필요도, 증명할 필요도 없다. 나는 단지 투르뉘에서처럼 평화를 누리게 되리라. 그러면 서툰 내 말에도 불구하고, 착각을 일으킬 수 있는 내 상상력에도 불구하고 그대는 내 안의 '인간'만 발견하게 될 것이다. 그때 그대는 내 마음속에 깃든 신앙과 아주 개인적인 사랑의 사자(使者)를 존중하게 될 것이다. 그래서 나의 존재는 그대에게 해를 입히기는커녕 오히려 그대를 향상시킬 것이다.

– 어느 인질에게 보내는 편지

꽃에 가시가 있으면

언뜻 꽃나무의 가시는 아무짝에도 쓸모없어 보인다. 꽃들의
공연한 심술 같다.
하지만 그건 거짓말이다. 꽃들은 연약하고 순진하다. 그런 꽃
들이 가능한 방법으로 자신을 보호하는 것이다. 가시가 있으
면 스스로 무서운 존재가 되는 줄로 믿는 것이다.

– 어린왕자

수수께끼를 만들어서라도

만일 내가 어떤 비밀을 갖게 된다면 그것을 감출 것이다. 그러나 내가 사람들을 놀래주고 싶고, 자랑하고 싶고, 또한 내적 깊이와 자존심이 부족하여 내가 초래한 결과에 따라 나 자신을 평가할 수밖에 없다면 난해하고 하찮은 수수께끼를 만들어서라도 내가 그런 사람임을 보여줄 것이다.

인간에게 자기 만족만큼 신비로운 것도 없다. 자기 역할, 자기 지위, 자기 공적에 대한 관심과 호의, 그리고 찬사를 받는 바보는 누구인가? 설사 외부의 형상들이 자양분을 제공했다 할지라도 인간의 주의(注意)를 어째서 그 인간 내부의 심적 현상들이 독점한단 말인가?

- 사색노트

이럴 수가 있는가!

결국 이렇게 되자고 그토록 많은 일을 해치웠단 말인가! 내 나이 이제 50이다. 내 생을 다 보내고, 나를 연마하고, 투쟁하고, 위기를 역전시키는 데 지난 50년을 소비했다.

그런데 지금 이 통증이 나를 사로잡고 나를 차지하고 세상에서 가장 엄청난 존재로 인식되다니……! 참으로 어처구니없는 일이다!

– 야간비행

천문학자와 나무꾼

인간은 누구나 자기 자신에게 충실해야 한다. 그런데 자기 자신이란 미리 규정되어 한계가 지어진 것이 아니다.

천문학자가 나무꾼이 되어 별을 보더라도 무언가를 느껴 감동할 것이다. 나는 이 두 사람, 즉 천문학자와 나무꾼이라는 신분을 구별하고 싶지 않다. 내 눈에는 나무꾼이 더 폭넓고 더 인간적으로 비친다. 그 역시 기도할 줄 알고, 사랑할 줄 알며, 나무를 자르는 자기 일에 방해되지 않을 만큼의 술을 음미할 줄 알기 때문이다.

― 사색노트

일시적인 존재

어린왕자가 말했다.

"제겐 꽃 한 송이가 있어요."

지리학자가 말했다.

"우린 꽃은 기록하지 않아."

"왜요? 그게 더 예쁜데요!"

"꽃은 일시적인 존재니까."

"'일시적인 존재'가 뭐예요?"

"지리책은 모든 책들 가운데 가장 귀중한 책이야. 그건 유행을 타지 않아. 산의 위치가 바뀌거나 바닷물이 말라버리는 경우는 매우 드물거든. 한마디로 말해, 우린 영원한 것들을 기록하고 있지."

어린왕자가 말을 가로막았다.

"하지만 휴화산도 다시 깨어날 수 있어요. '일시적인 존재'가 뭐예요?"

"화산이 잠들어 있든 깨어 있든 우리에겐 마찬가지야. 우리에게 중요한 건 산이지. 산은 변하지 않거든."

"그런데 '일시적인 존재'가 뭐예요?"

한번 질문을 던지면 절대 물러서지 않는 어린왕자가 다시 물었다.

"그건 '머지 않은 장래에 사라져버릴 위험에 처해 있다'는 뜻이지."

"내 꽃이 머지 않은 장래에 사라져버릴 위험에 처해 있나요?"

"물론이지."

그 말을 들은 어린왕자는 이내 후회하고 말았다.

'내 꽃은 일시적인 존재야. 세상에 맞서 싸울 무기라곤 가시 네 개밖에

없고! 그런데도 난 그 꽃을 내 별에 혼자 내버려두고 왔어!'

– 어린왕자

대지는 밀알을 눈뜨게 한다

사람들은 이제 천천히 자신들의 진창에서 벗어나 별들 앞에 설 것이다. 생각은 땅 속 굳은 진흙더미에서 깨어났다. 그리고 저쪽 맞은편에서 동시에 다른 사람들이 똑같은 복장으로 갈아입고, 똑같은 두꺼운 털옷 차림으로 같은 땅 속으로 들어가고, 그들이 구축한 똑같은 참호에서 나타날 것이다. 저 맞은편의 같은 땅이 똑같이 사람들 사이에서 의식의 눈을 뜬다.

그리하여 그대의 맞은편에서 그대에게 죽어가기 위해 서서히 자신의 영상을 일으켜 세우고 있다. 그 역시 그대처럼 봉사를 위해 자신의 신앙을 완전히 포기해버렸다. 그의 신앙은 그대의 것이다. 누가 인간의 진리와 정의, 사랑을 위해서가 아닌데 죽기를 작정하겠는가!

당신은 나에게 말할 것이다. 사람들이 무언가를 오해했다, 맞은편 사람들이 속였다고. 그러나 나는 이곳에서 정객들, 모리배들, 어느 한쪽의 탁상론자들도 무시해버릴 것이다. 그들은 막후에서 조종하고 큰소리치며 자신이 사람들을 통솔한다고 믿고 있다. 그들은 인간의 순진함을 믿고 있다. 그러나 호언장담이 바람에 흩어지는 씨앗처럼 납발된다면, 그것은 바람 한가운데에 수확물의 무게를 위해 반죽된 대지가 있기 때문이다. 모래 위에 씨앗을 던지는 것을 상상하는 견유학자(犬儒學者)가 무슨 상관이란 말인가. 밀알을 인식할 줄 아는 것은 바로 대지인 것이다.

– 평화인가, 전쟁인가

그 손

리비에르는, 아직 몇 분 동안은 조종간 속에 자신의 운명을 쥐고 있을 파비앵의 손을 떠올려보았다. 애무를 하던 그 손. 어느 가슴 위에 얹혀 신의 손처럼 활기를 일구었던 그 손. 어느 얼굴 위에 놓여 그 얼굴을 반짝이게 했던 손. 기적을 이루던 그 손.

어두운 밤, 파비앵은 눈부시게 아름다운 구름바다 위를 방황하고 있지만 그 아래에 있는 것은 영원일 뿐이었다. 그는 혼자 살고 있는 그 성좌들 가운데서 길을 잃었다. 여전히 그는 자기 손아귀에 세상을 쥐고 있고, 가슴에다 대고 그것을 흔들고 있다. 그는 자신의 핸들 속에 인간의 부(富)의 무게를 움켜쥐고, 돌려줘야 할 소용없는 보물을 이 별에서 저 별로 절망스럽게 끌고 다니고 있다.

– 야간비행

인간과 신

신이 존재하지 않는다 해도 나는 그다지 개의치 않는다. 그러나 신은 확실히 우리 인간에게 신성(神聖)을 선물하고 있다.

인간과 신의 게임의 법칙은 개인의 독단적인 우둔함에 존재하지 않는다. 인간의 우둔함으로는 신을 간파할 수 없다. 신은 인간의 독단적인 우둔함 밖에 있다.

다시 말해 우둔한 인간은 신을 포착할 수 없다. 즉 신이란 모든 것에 존재할 수도 있고, 전혀 존재하지 않을 수도 있다는 말이다. 신이란 절대적이며, 동시에 이해할 수 없는 것에 대해서는 완벽하게 상징적인 지주이다.

– 사색노트

나 자신을 재발견한다면

나는 강자다. 나 자신을 재발견한다면 말이다. 우리의 인도주의가 인간성을 회복하고, 공동체를 건설하고, 또 그것을 세우기 위해 단 하나밖에 없는 무기인 희생을 아끼지 않는다면 말이다. 우리의 문명이 이미 건설한 공동체란 우리가 찾아낸 이익의 총화가 아니라 우리가 희사한 헌납의 결과물이다.

나는 가장 강한 자다. 나무는 땅의 질량보다 강하다. 나무가 땅 속에 있는 질량을 자기 줄기로 빨아올린다. 그래서 땅이 지닌 요소들을 자신의 일부분으로 동화시켜버린다. 대성당의 건축물은 석재 무더기보다 훨씬 더 빛나게 마련이다.

내가 지닌 문명만이 온갖 특성들을 하나도 손상시키지 않고 처음에 의도한 단일성 안에 결합할 힘을 지녔기에 나는 강자다. 나의 문명은 우물에서 물을 마시는 동시에 제 힘으로 그 샘에다 활력을 불어넣는 것이다.

－ 전시조종사

지금 그는 방황하고 있다

지금 그는 모든 명성이 날아가버린
고요한 공간 속을 아무런 영광도 없이 방황하고 있다.
오늘이야말로 사하라는 오직 사막일 뿐이다.

– 인간의 대지

사람들은 역설을 더 좋아한다

Hellen

리네트, 당신도 알고 있겠지만 사람들이 사고를 올바르게 키우려면 끊임없는 훈련을 통해서만 가능하고, 그것은 인간에게 가장 고귀한 일이오. 그럼에도 사람들은 자신의 기억이나 지식, 말재주는 늘리려 하면서 지능을 계발하는 데는 인색하기 짝이 없소. 올바른 추리를 위해서는 머리를 쥐어짜면서 올바른 생각을 위해서는 아무런 노력도 하지 않소. 그들은 잘못 알고 있는 것이오.

이것이 그래도 인간적인 이해를 위해 노력한 입센을 좋아해야 하는 이

유이며, 피란델로를 거부하고 모든 꾸며낸 혼미를 거부해야 하는 이유지요. 그러나 그건 참으로 힘든 일이오. 이해하기 힘든 것은 명확히 이해되는 것보다 훨씬 더 사람의 마음을 끄는 법이오. 어떤 현상에 대한 두 개의 해석 중에서 사람들은 본능적으로 애매한 쪽으로 더 기울어지는 법이오. 왜냐하면 다른 하나의 해석이 진리라면 그것은 단순하고 생기가 없어서 사람들에게 강한 인상을 줄 수 없기 때문이오. 역설은 참된 해석보다 더 사람의 마음을 끌게 되고, 사람들은 역설을 더 좋아하는 것이오.

지금 내가 말하는 것들은 매우 일반적인 것이오. 여러 개의 판단착오는 바로 이런 필요성 때문에 생기지요. 그 사상을 이해하기 위해서가 아니라 그 사상에 감동되기 위해서, 그 관념을 포착하려는 필요성이 생기는 것이오.

사람의 마음을 뒤흔들어놓고 매혹시켜서 잘못되는 경우가 허다하오. 올바른 이해를 위해 가져야 할 가장 중요한 덕목은 무사무욕(無私無慾)의 정신이며, 자아망각이 아닐까 싶소.

- 젊은 날의 편지

그건 눈으로 볼 수 없어. 마음으로 찾아야 해

3

어른들은 숫자로 얘기한다

어른들은 숫자를 좋아한다. 내가 새로운 친구를 만나게 되었다고 얘기하면, 그들은 정작 가장 중요한 건 물어보지 않는다.
그들은 '그 애 목소리는 어떻지?', '그 애는 어떤 놀이를 좋아하지?', '그 애도 나비를 채집하니?' 라고 절대 묻지 않는다.
'나이가 몇 살이지?', '형제는 몇이나 되고?', '몸무게는?', '그 애 아버지 수입은 얼마야?' 라고 묻는다.

만약 '베란다에 제라늄 화분이 놓여 있고 지붕에는 비둘기가 살고 있는 빨간 벽돌집을 보았어요'라고 말하면, 어른들은 그 집이 어떤 집인지를 상상하지 못한다. 그들에게는 '10만 프랑짜리 집을 보았어요'라고 말해야 한다. 그러면 그들은 '아, 참 좋은 집이구나!' 하고 소리친다.

- 어린왕자

똑같은 별을 향해 걸어가고 있다면

아무리 급하게 행동해야 하더라도 그 행동을 제어할 수 있어야 한다는 사명감을 잊어서는 안 된다.

우리는 왜 같은 진영 안에서 서로 미워하고 있는가? 우리들 가운데 누구도 순수 지향의 특권을 가진 사람은 없다. 자신이 선택한 방법을 위해 다른 사람의 선택을 공격할 수는 있다. 그 어떤 이성의 걸음걸이도 비평할 수 있다. 이성의 발걸음은 확실치 않다. 그러나 그가 똑같은 별을 향해 애써 걸어가고 있다면, 나는 정신적인 면에서 그를 존중해야 마땅하다.

– 어느 인질에게 보내는 편지

밤하늘의 정복자가 되다

1주일이 될지, 열흘이 될지는 그도 알지 못했다. 그렇다고 외롭거나 쓸쓸하다니, 천만에! 무엇 때문에 쓸쓸하단 말인가? 저 평원들, 저 도시들, 저 끝도 없이 이어진 산맥들……. 그는 그것들을 정복하려고 거리낌없이 떠나는 것이다. 그는 단 한 시간 안에 부에노스아이레스를 정복했다가 버리게 될 것이다.

나는 순식간에 이 도시에서 멀어질 것이다. 밤에 떠난다는 건 정말 멋진 일이다. 남쪽을 향해 가솔린 핸들을 잡아당긴 지 10초도 안 되어 풍경은 뒤집히고 이내 북쪽을 향해 치닫게 된다. 그러면 이 도시는 깊은 바다 속에 불과하겠지…….

– 야간비행

교만한 그는

"시뻘건 얼굴의 신사가 살고 있는 별을 나는 알고 있어. 그는 꽃향기라 곤 맡아본 적이 없어. 별을 바라본 적도 없고, 누군가를 사랑해보지도 않았고, 오직 계산만 하면서 살아왔어. 하루종일 '나는 중대한 일을 하 는 사람이야. 중대한 일을 하는 사람이야'라고 되뇌고 있는 그는 교만 으로 가득 차 있어. 하지만 그는 사람이 아니야. 버섯이지."

- 어린왕자

인간성을 찾으러 가다

마치 원시인의 부락처럼 몇 개의 바위를 피해 자리잡고 있는 전선의 학교가 보였다.

어느 젊은 하사가 식물학을 가르치고 있었다. 그는 손으로 개양귀비 꽃잎을 떼어놓으면서, 수염이 덥수룩한 제자들 앞에서 자연의 신비로움을 얘기하고 있었다.

그런데 순진하기 짝이 없는 제자들은 자기 고민을 털어놓기 바쁘다. 오랜 세월 동안 늙고 머리가 굳어진 그들은 이해하기가 무척 어렵다. 그렇다! 그들은 늙었고 지금껏 살아오느라 굳어졌다.

하사가 그들에게 말했다.

"당신들은 야만적이오. 당신들은 야수의 소굴에서 겨우 빠져나왔소. 그러니 이제 인간성을 회복해야 하오……."

그러자 사람들은 자리에서 일어나 성큼성큼 무거운 발걸음을 옮겨 인간성을 찾으러 갔다…….

나는 나무의 수액이 올라오는 것처럼 의식이 고양(高揚)되는 것을 목격한다. 흙에서 태어난 선사시대의 밤에 차츰차츰 데카르트나 바흐 혹은 파스칼의 경지, 그 높은 정상까지 치솟는 의식을 목격한다.

순찰병이 말해준, 추상을 위한 저 노력들은 얼마나 감동적인가! 성장할 필요성이 없다. 그리하여 나무는 자란다. 그곳에 바로 생명의 신비가 있다. 생명만이 땅에서 자기 영양소를 끌어올린다. 그리고 그 우둔함에서 벗어나게 한다.

그 성당의 밤은 얼마나 멋진 추억인가! 첨두형(尖頭形) 반원천장, 뾰족탑과 더불어 나타나는 인간의 영혼은…… 질문을 준비하는 적은…… 그리고 별들의 씨가 뿌려져 있고, 소리가 나고, 검은 땅 위를 가고 있는 순례자의 대상(隊商)인 우리 자신은…….

– 평화인가, 전쟁인가

금지된 구역

낡은 나룻배의 퇴락한 초록빛과 같은 이 조그마한 녹색 문은 아이들에게는 열지 못하게 금지되어 있다. 바다 속에 잠긴 낡은 닻처럼 오랜 세월 녹슬어 있는 그 큼직한 자물쇠를 만지는 것도 금지되어 있다. 혹시나 뚜껑 없는 빗물받이 웅덩이에 아이들이 빠질까봐 그러는 것이리라.

문 뒤에는 1,000년 전부터 꼼짝도 하지 않았다는 물이 고요히 잠자고 있었다. 우리는 괴물 이야기를 들을 때마다 그 웅덩이를 떠올렸다.

조그맣고 동그란 수초 잎이 푸른 천처럼 수면을 덮고 있었고, 우리는 돌을 던져 그 천에 구멍을 뚫었다.

- 남방우편기

그건 눈으로 볼 수 없어

"사람들은 급행열차에 올라타지만 자신이 뭘 찾고 있는지 잘 몰라.
그래서 초조해하며 항상 제자리를 맴돌고 있지."
어린왕자가 말했다.

"아저씨 별의 사람들은 한 정원 안에 장미를 5,000송이나 가꾸지만 거기서 자신이 찾는 것을 발견하지 못해. 하지만 그들이 찾는 것은 단 한 송이의 꽃이나 물 한 모금에서 발견할 수도 있어……. 그건 눈으로 볼 수 없어. 마음으로 찾아야 해."

- 어린왕자

Революціонными войсками засады полицейскихъ.

Всенародный праздникъ 1-го Мая
18-го Апрѣля 1917 г: въ Петроградѣ. Исаакіевская площадь.

나는 인간을 좋아한다

대중을 좋아해서 그는 좌익이 되었다.
그러나 나는 대중을 좋아하지 않는다.
나는 인간을 좋아한다.

– 사색노트

어른들은 쉽게 믿지 않는다

재치를 부리려다 보면 거짓말을 하기도 한
다. 내가 들려준 점등인 이야기가 아주 정직
하지는 않다. 지구를 잘 모르는 사람들에게
자칫 그릇된 생각을 갖게 할 수도 있다.

사람들이 살고 있는 지구 표면의 넓이는 알
고 보면 아주 작다. 20억 지구인이 어떤 모임
에서처럼 서로 바싹 붙어 있다면 세로 32킬
로미터, 가로 32킬로미터 정도의 광장으로
도 충분하다. 모든 사람을 태평양의 아주 작
은 섬에 몰아넣을 수도 있다.

물론 어른들은 이런 말을 믿지 않는다. 그들
은 자신이 굉장히 넓은 자리를 차지하고 있
으며, 자신이 바오밥나무처럼 중요하다고 생
각한다. 그래서 그들에게는 계산을 해보라고
일러줘야 한다. 그들은 숫자를 좋아하니까.
그러면 그들은 아주 기분 좋아한다.

하지만 여러분은 그런 문제 따위를 푸느라
시간을 낭비할 필요가 없다. 그것은 전혀 쓸
데없는 짓이니까!

– 어린왕자

잡초는 다른 식물과 교배되지 않는다

힘의 확장이라는 관점에서 볼 때,
어느 하나를 좋아한다는 것은 다른
것의 파멸을 의미한다. 잡초는 다른
식물과 교배되지 않고, 단지 다른
풀로 대치된다. 더군다나 교배란 종
자의 순수성을 감소시킬 뿐이다.

– 사색노트

개념적으로 진보한 인간

기계를 사용함으로써 얻게 된 진보는 한편으로 인간에게는 재앙이다.
왜냐하면 개념적인 인간의 문명으로부터 인간을 추방하고, 인간형을
너무나 빨리 변형시키기 때문이다. 메커니즘이 정착되면 그에 맞는 인
간형이 만들어질 수 있다. 이런 경우 침체된 기술은 개미탑 쪽이 아니라
문명 쪽으로 인간을 인도한다.

오늘날의 인간은 동굴시대의 인간에 비해 생물학적으로 진보한 것이
아니라 개념적으로 진보한 것이다. 인간에게 정신을 배양하는 교육은
신지식을 주입하는 것보다 훨씬 더 중요하다. 왜냐하면 정신이 인간을
만드는 것이므로.

- 사색노트

있는 그대로 받아들이고 창조의 기쁨을 누려라!

4

삼나무가 사막을 흡수하듯

인간은 이성에 도달할 수 없는 존재이다. 인간의 의미는 존재하면서 어디론가 지향하는 데 있다.

이성은 단번에 도달하는 것이 아니라 여러 행동 단계에서 점진적으로 이루어진다. 그러지 않으면 아이들은 계속 살아나갈 수 없다. 맞서 싸우며 세상을 살아가기에 그들은 너무나 허약하지 않은가.

이와 달리 사막의 삼나무는 허약하지 않다. 삼나무는 사막과 대결하면서 성장한다. 사막을 흡수하는 것이다!

처음에 당신은 이성에 의지해 행동하지 않는다. 당신의 행동을 가능하게 하기 위해 이성을 끌어들이고 있는 것이다.

당신의 적이 당신보다 훨씬 더 이성적으로 처신해주기를 바라지 마라. 시간과 공간 속에 펼쳐진 작업만이 논리를 지닌다. 하지만 다른 사람도 아닌 바로 이 안내자가 당신을 사막으로 인도했을까?

모든 행동은 우연의 연속이다. 그런데 우연이란 것이 어떻게 해서 나무를 가루로 만들어 흩날리게 하지 않고 중력과 반대 방향으로 곧추세울 수 있었을까?

– 성채

좀더 강해져라

순진하다는 것은 자기 자신의 정의에 의해 남을 비난하는 것이 아니라 다른 사람들에게 분개하는 것이다. 그 분개 속에는 어린아이의 장난 같은 것이 있다.

나는 사슴을 둘러싼 사냥개 무리의 으르렁거리는 소리를 좋아하지 않는다. 좀더 강해져라, 그러면 너는 이길 것이다. 이것이 전부다.

– 사색노트

목적을 잊어버리면

아직도 우리는 새 장난감에 감탄하는 젊은 야만인이다. 우리의 비행기
경주도 별다른 의미는 없다. 보다 높이 오르고, 보다 빨리 날아갈 뿐이
다. 왜 그것을 빨리 날아가게 하는지는 잊고 있다. 일시적으로 경주 그
자체가 목적에 앞서는 것이다.

그리고 그것은 항상 똑같다. 제국을 세
우는 식민지군에게 생의 의미는 정복
(征服)이다. 군인은 농부를 멸시한다.
그러나 이 정복의 목적은 농부를 정착
시키는 데 있지 않은가?

– 인간의 대지

나

는

제

시

할

뿐

이

다

나는 합리적인 설명이나 합리적인 공격, 합리적인 증명, 아니 합리적인
옹호조차 할 수 없다. 진리가 없기 때문이다.

나는 단지 나의 언어를 제시할 뿐이다. 마치 그것이 세상을 파악하기에
보다 효과적이고 적합한 것처럼. 들어보십시오, 그리고 평가하십시오.
그런 다음 선택하십시오……

– 사색노트

오렌지나무의 진리

본질적인 것, 그것은 우리도 예측하지 못한다. 우리는 저마다 전혀 뜻하지 않은 곳에서 가장 큰 기쁨을 맛보아왔다. 이런 기쁨은 우리를 향수에 사무치게 함으로써 그 기쁨의 원인이 된 비참함까지 아쉬워하게 만든다. 동료들과의 재회에서 모두가 쓰라린 추억의 환희를 맛보았던 것이다.

우리를 풍요롭게 하는 미지의 조건이 있다는 것을 제외하면, 우린 무엇을 안단 말인가? 인간의 진실은 대체 어디에 깃들어 있단 말인가?

진리란 증명되는 것이 아니다. 오렌지나무들이 이 땅에 단단한 뿌리를 내려 열매를 풍성하게 맺는다면, 이 땅이 바로 오렌지나무의 진리인 것이다. 다른 무엇이 아니라 바로 이 종교, 이 문화, 이 가치 기준이 우리 안에서 충만함을 북돋아주고, 그것이 곧 진리인 까닭이다.

- 인간의 대지

내가 알고 싶은 것

내가 어떤 사람에 대해 알고자 하는
것이 있다면, 그것은 그가 지키는
법률의 힘이 어느 정도인가가 아니
라 그가 지닌 창의력이 얼마나 되는
가 하는 점이다.

– 사색노트

진실의 조건

사람은 끊임없이 되풀이되는 일상
속에서 진실에 눈이 멀기 쉽다.
누군가 나에게 진실이 무엇이냐고
묻는다면, 나는 당장 다음과 같은
조건을 내세우겠다.
끊임없이 피어오르는 빛줄기가 있
어야 하고, 거침없는 돌격이 있어야
하고, 최후의 심판을 벌일 법정이
있어야 한다고. 사람은 이런 조건들
이 갖추어져야 진실을 알게 된다.

– 전시조종사

망각된 축제의 의미

어떤 물질을 영원히 차지할 수 있어도, 그대가 그것으로부터 받은 양식은 절대 영원하지 않다. 물질은 그대를 증대시켜줄 때만 의미가 있으며, 그대가 커지는 것은 물질을 소유해서가 아니라 물질을 정복하고 극복하기 때문이다.

그래서 나는 등산이나 시를 즐길 줄 아는 교육, 영혼의 유혹과도 같이 힘든 정복을 촉진시키고 그대의 자아를 형성시키는 사람을 존경한다. 더 이상 당신이 만들 것이 없는, 이미 다 만들어진 식량은 경멸한다. 만일 그대가 다이아몬드를 찾게 된다면, 그대는 그것으로 무엇을 하겠는가.

나는 망각된 축제의 의미를 애써 부여한다. 축제란 파티 준비의 완성이며, 신을 향한 정상의 발 딛음이요, 땅에서 다이아몬드를 찾아내는 것이 허용된 경우이며, 환자가 쾌유 첫날 식사를 하는 것이며, 그대가 여자에게 말을 걸어 그녀가 시선을 떨굴 때의 사랑에 대한 약속일 것이니⋯⋯.

- 성채

그것이 진리가 되려면

'이야기 속에는 질서가 있어야 한다' 라는 말은 부조리하다.
이야기는 일단 만들어지고 나면 질서가 생긴다. 마치 나무
나 어떤 위대한 생애처럼. 그럼에도 그들은 질서를 만들어
내어 그 질서를 유지하는 비결을 찾아야 한다고 믿고 있다.
자연의 법칙에 대해서도 마찬가지다. 질서는 자연에 대한
표현 그 자체이다.

사람들은 진리를 발견하는 것이 아니라 창조한다. 사람들이 명확하게 표현하는 것이 바로 진리이다. 그렇다, 그런데 그러한 명확함은 풍부한 개념에서 파생된다. 진정한 의미의 창조는 개념적이다. 창작은 기술될 수 없기 때문이다.

당신이 표현한 진리에 대해 그들에게 의견을 물어봐라. 아마도 듣기 좋은 대답은 나오지 않을 것이다. 사실 그것은 아직 진리가 아니다. 그것이 진리가 되려면 당신이 능력을 발휘해 그것이 위력을 갖도록 해야 하고, 당신이 다른 모든 사람에 대해서도 위력을 갖고 있어야 한다.

진리는 교과서에 담겨 있는 것이 아니라 그 교과서의 '형태(形態)' 속에 있다.

진리는 잘 증명되어야 하는 것이 아니라 실제로 효능을 지니고 있어야 한다.

- 사색노트

아직 행해지지 않은 실험

과학은 감춰진 동일성을 연구하고 발견하는 것이다. 그런데 실험의 주변에는 어떤 것과도 동일시될 수 없는, 아직 행해지지 않은 실험이 있다. 아마도 비밀은 특정한 시간개념 속에 있을 것이다.

– 사색노트

보
이
지
않
지
만
명
백
한
진
리

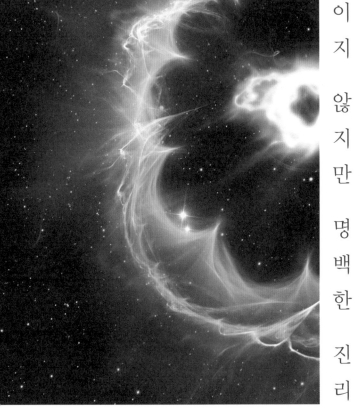

창조적인 진리는 눈에 보이지 않는다. 이런 진리는 처음에는 거부되다
가 그 다음에는 하나의 뼈대가 되어 더 이상 눈에 띄지 않는, 명백한 것
이 되어버린다.

- 사색노트

시인과 물리학자

창작은 논리로 설명되지 않는다. 논리가 소용없을 때 창작이 가능해지기 때문이다.

설사 창작을 논리로 설명할 수 있다 하더라도 어떻게 그것을 만들어낼 수 있겠는가!

나는 인체를 해부할 수 있다. 하지만 인체의 각 부분을 다시 맞추고, 좋은 부분을 골라 다시 맞추더라도 생명을 만들 수는 없다. 생명은 불붙고 있는 창작적인 불티다. 그러나 어떤 논리로도 그 불티를 설명하지 못한다. 내 이미지의 가치는 하나의 담보물밖에 갖고 있지 않다. 바로 이미지의 효능성이다.

이렇듯 나는 시의 진리를 믿고 있다. 에딩턴이 서로 다른 상징적인 규칙에 대해 이야기할 때, 그것은 나에게 많은 도움이 되었다. 시인은 물리학자보다 쓸모없는 사람이 아니다. 이 두 종류의 인간 모두 진리를 재단하지만, 시인의 진리가 보다 더 절실하다. 왜냐하면 시인에게 진리란 자신의 의식과 관계되기 때문이다.

– 사색노트

사랑한다는 것은 얼마나 막다른 골목인가!

5

누군가를 사랑한다는 것

어린왕자는 사랑에서 우러나온 호의를 가지고 있었으면서도 그 꽃을 의심하기 시작했다. 그는 대수롭지 않은 말을 심각하게 받아들이고 몹시 불행해졌다.

"그의 말에 귀기울이지 말아야 했어. 꽃들의 말엔 절대로 귀기울이면 안 돼. 바라보고 향기를 맡기만 해야 해. 내 꽃은 내 별을 향기로 뒤덮었어. 그런데도 나는 그걸 즐길 줄 몰랐어. 그 발톱 이야기에 눈살을 찌푸렸지만, 사실은 측은해했어야 옳았던 거야……. 난 그때 아무것도 이해할 줄 몰랐어. 그 꽃의 말이 아니라 행동을 보고 판단해야 했어. 그 꽃은 나에게 향기를 풍겨주고 내 마음을 환하게 해주었어. 절대 도망치지 말았어야 하는데! 그 가련한 꾀 뒤에 애정이 숨어 있다는 걸 눈치챘어야 하는데……. 꽃들은 그처럼 모순된 존재들이거든! 하지만 난 너무 어려서 그를 사랑할 줄 몰랐던 거야……."

– 어린왕자

그는 알고 있을까?

그곳에는 진흙더미 외에는 아무것도 없었다. 최후를 향해 소멸해가는 희미한 흙덩이말고는.

나의 절규가 인간의 목구멍 속에서 준비되고 있는 동안 그는 절대 내 입술을 사랑하지 않았지만, 뾰로통한 입과 입술이 만드는 미소는 사랑했다는 사실을 아주 잠깐 눈치챌 수 있게 해주었다.

그 눈을 좋아한 것이 아니라 그 시선을 좋아했다. 그 가슴을 좋아한 것이 아니라 그 부드러운 움직임을 좋아했다. 그에게는 어쩌면, 그에게 사랑이 가져다준 고뇌의 까닭을 발견할 틈이 있었다.

그는 정말 알 수 있었을까?

- 마드리드

사랑을 해보지 않으면

그대가 단순한 애인에 지나지 않는다면 진정으로 사랑하는 사람이라곤 아무도 없고, 여자는 단지 그대 곁에서 하품만 늘어놓게 된다.

오직 전사만이 사랑을 할 수 있다.

그대가 사랑도 하지 못하는 일개 전사에 불과하다면, 목숨을 잃고 쓰러진 사람들은 금속비늘로 뒤덮인 갑옷을 두른 벌레 같은 인간에 불과할 것이다.

사랑을 해본 인간만이 사람답게 죽을 수 있다.

언어를 떠나서는 아무런 모순도 없는 법. 이와 같이 열매와 뿌리가 공동의 척도를 지니고 있다. 나무가 바로 그런 것이다.

- 성채

사랑보다 더 큰 의무

'사랑한다는 것, 다만 사랑한다는 것은 얼마나 막다른 골목인가!'
리비에르는 사랑한다는 의무보다 더 큰 의무에 대한 느낌을 막연하게
갖고 있었다. 그러지 않으면 그것 역시 애정에 관한 문제이지만, 다른
애정과는 아주 다른 것이었다.

– 야간비행

니체의 고독

방금 전 도로에서 이 세계의 일부를 깨끗이 청소하고 있는 사람들을 만
났소. 나는 그 청소부들에게 감사의 뜻을 전했소. 그리고 마을의 경찰들
은 사방 100킬로미터까지 치안을 유지하고 있지요. 이처럼 무언가를
잘 관리하고 정돈한다는 것은 큰 의미를 갖고 있소. 심지어 집 안팎을
정돈하는 것도 말이오.

나는 살아서 돌아와 잘 보호받고 있소. 그리고 이런 내 인생에 대해 매
우 만족해하고 있소. 그러나 당신은 지금 이해하지 못하오. 그 어느 것
도 말이오. 그래서 난 강제로라도 당신을 이해시키고 싶소. 대체 당신은
무엇 때문에 그토록 아랑곳하지 않는 것이오? 누가 당신을 그토록 방심
하게 한단 말이오?

지금 나는 어떤 얼굴을 떠올리고 있소. 나는 너무나 근본적이고 너무나
불안정한 그 무엇을 느꼈기에 내 사상이 그 얼굴에 맴도는 것을 보았소.
난 그 얼굴에서 뾰로통한 표정을 알아차렸고, 내 사상이 그 얼굴에서 각
성시키는 모든 것을 눈치챘소. 그리고 갑자기 그 얼굴이 사막 너머로 달
아나는 것을 느꼈소. 내 사상은 기쁨의 흔적도, 고통의 흔적도 이해할

수 없었소. 난 기분이 전환되는 순간을 정확히 실감했소. 그것은 순식간에 이루어졌기에 어떤 의미를 갖고 있지요. 난 '그의 이마로 구름을 쫓는다'라는 희한한 표현을 생각했소. 밀밭은 광선을 바꾸더군요. 나는 두 팔로 니체를 껴안았소. 나는 그런 인간형을 무척 좋아하오. 그리고 그의 고독을 흠모하오.

이제 난 머잖아 쥐비 곶 모래 위에 드러누워 니체를 읽게 될 것이오. 무덥고 우울하고 평화롭기 짝이 없는 올 여름, '나의 여름을 다 태워버린 내 심장'을 몹시 사랑하게 되었소. 나는 이런 나의 정열을 당신과 함께 나누고 싶지만, 당신은 아무런 대꾸도 하지 않겠지요.

– 젊은 날의 편지

우리를 일깨우는 것들

우연한 계기가 사랑을 일깨워 눈뜨게 하면 그 사람 내면의 모든 것이 사랑이란 힘에 의해 질서가 잡히고, 사랑은 그에게 넓이(공간)에 대한 감각을 감춰준다.

사하라 사막에 머물고 있을 때의 일이다. 밤이 되어 우리가 피워올린 모닥불 주위로 아라비아인들이 몰려와 멀리서 다가오는 위험을 알려주었을 때, 사막은 맺어지며 어떤 의미를 빚어냈다. 이 전령사들이 공간을 만들어놓은 것이다. 어떤 음악이 아름답게 귓가에 맴돌 때도 그렇고, 묵은 옷장에서 풍기는 하찮은 냄새가 우리를 일깨우며 지난날의 추억과 현재의 자신을 연관지을 때도 그렇다. 감동은 공간의 관념인 것이다.

– 전시조종사

사하라에서 목동처럼

모든 것이 변했으리라 짐작하고 있던 그는 모든 것이 그대로이자 마음이 괴로웠다. 그는 해후상봉과 우정에서 막연한 권태감을 느꼈다.

사람들은 멀리서 서로 상상하며 그리워한다. 작별할 때는 가슴에 상처를 안고, 그러나 땅 속 깊숙이 보물을 묻고 가는 야릇한 감정으로 서로를 향한 집착을 버리고 만다. 그리고 가끔씩 자신의 사랑을 드러내며 도망치기도 한다.

별이 총총 박힌 사하라 사막에서 어느 날 밤 그는 멀리 떨어진 애정을 땅 속에 묻혀 있는 씨앗처럼 그리워했다. 밤과 시간의 늪에 묻혀 있는 뜨거운 애정을 명상하고 있었다. 고장난 비행기에 기댄 채 사막의 곡선과 지평선의 굴곡을 눈앞에 두고 목동처럼 자신의 사랑을 지키고 있었다……

- 남방우편기

신화

나는 우편배달부를 존경하진 않아도, 우편 배달의 신화에 대해서는 남다른 애착을 갖고 있다. 왜냐하면 그 신화는 우편배달부를 생기게 했기 때문이다. 그러한 이유로 나는 그들을 좋아한다.

– 사색노트

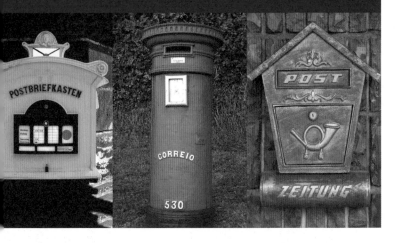

진실한 사랑

진실한 사랑은 소모되지 않는다. 그대가 많이 줄수록 그대에게 더 많이
남아 있는 것이다. 그대가 참다운 샘으로 물을 길러가고, 물을 퍼올릴수
록 샘은 더 풍요로워진다.

양초 냄새는 모든 사람을 위한 진실이다. 다른 사람이 양초 냄새를 맡으
면, 그것은 그대 자신을 위해 더 풍요로워진다. 그러나 그대의 집에 있
는 남편이 다른 곳에 가서 미소를 짓는다면, 그것은 그대를 약탈하는 것
과도 같고 그대를 지치게 만들 것이다.

- 성채

집을 사랑하는 당신

그녀는 남편이 정복하기 위해 버려야 할 모든 것에 대해 잠시 생각했다.

"당신은 집을 사랑하지 않나요?"

"무슨 소리, 집을 사랑해……."

그러나 그의 아내는 이미 그가 떠나가고 있음을 느꼈다. 그의 넓은 어깨는 이미 하늘에 맞서 싸우고 있었다.

– 야간비행

마음속 창문을 열어라

사랑한다는 것은 곧 인식한다는 것이다.

영지와 조각작품, 시와 왕국, 연인이나 신이 그대에게 사람들의 연민을 통해 전체적인 통일성으로 파악할 수 있는 능력을 부여할 때 그대 마음속에 곧장 열려진 창문이 바로 사랑이다. 그리고 이 모든 것이 그대에게 단순한 집합체에 불과하다면, 그것은 곧 그대의 사랑이 죽었다는 것이다.

– 성채

사랑한다는 것은
서로를 마주 보는 것이 아니라
함께 같은 방향을 바라보는 것이다.

사람을 위한 정원사

어머니는 생명만 전해주지 않았다. 아들에게 말을 가르쳤고, 여러 세기에 걸쳐 느리게 축적된 짐들, 정신적인 유산, 뉴턴과 셰익스피어를 굴속의 짐승들과 구분해주는 모든 전통과 개념과 신화의 작은 몫을 맡아 간직했다.

우리가 배고플 때 느끼는 것, 즉 저 스페인의 병사들로 하여금 포성 아래에서도 식물학 수업을 받게 하고 메르모즈를 남대서양 쪽으로 몰고 간 굶주림에서 깨닫게 되는 것은 천지의 생성이 아직 끝나지 않았다는 것이며, 우리 자신과 세계에 대해 자각할 필요가 있다는 사실이다.

어두운 밤에 다리를 놓아야 한다는 것이다. 이기적인 무관심을 자신의 지혜로 삼고 있는 자들은 이 굶주림을 모른다. 그러나 모든 것이 이런 것과 모순된다!

......

나는 어느 부부 앞에 앉는다. 그 남자와 여자 사이로 어린아이가 간신히 비집고 들어가 잠들어 있다. 그런데 자면서 돌아눕는 바람에 희미한 등불 아래로 얼굴이 보였다. 아, 얼마나 사랑스런 얼굴인가! 이들 부부에게서 황금 열매가 탄생했던 것이다.

이 둔중한 자웅에서 아름다움과 매력 넘치는 성과를 거둔 것이었다. 저 매끄러운 이마, 귀여운 입술 위로 몸을 굽히며 생각해보았다. 이것은 음악가의 얼굴, 어린 모차르트, 생명의 아름다운 약속이다. 전설 속의 어린 왕자들과 다를 바 없다. 보호받고, 섬김받고, 수양만 쌓는다면 무엇인들 되지 못할까!

정원사들은 돌연변이로 새로운 장미가 피어나면 더없이 흥분한다. 그 꽃을 따로 가꾸고 우대한다. 그런데 사람을 위한 정원사는 없다. 어린 모차르트도 다른 아이들처럼 판박이 기계에 찍혀질 것이다. 모차르트는 카바레의 악취 속에서 썩어문드러진 음악을 자신의 가장 지고한 기쁨으로 삼을 것이다. 모차르트도 마지막이다.

- 인간의 대지

떠나는 사람의 등뒤에는

"당신 참 멋지군요."

남편이 정성스레 머리 빗는 모습을 보며 그녀가 물었다.

"별들을 위해서인가요?"

"내가 늙었다는 것을 느끼고 싶지 않아서 이러는 거요."

"질투가 나는데요……."

남편은 그녀에게 키스를 해주고 껴안았다. 이어 팔을 내밀어 소녀를 들어올리듯 그녀를 침대에 눕혔다.

"자요!"

그러고는 등뒤로 문을 닫고 알 수 없는 밤의 족속들 한가운데로 정복의 첫걸음을 내디뎠다.

그녀는 그대로 누워 있었다. 그리고 이제 남편에게는 바다 속에 불과할 이 꽃과, 이 책과, 이 달콤한 것들을 쓸쓸한 눈길로 바라보고 있었다.

– 야간비행

모든 면을 사랑하라

사람들은 왜 여성을 전적으로 사랑하지 않을까?

남자들은 여성의 일부분만 사랑하고 다른 부분은 어둠 속으로 내팽개친다. 그들은 음악이나 취미를 즐기듯이 여성을 사랑하고 있다. 그들은 여자가 지적이거나 감상적일 때 그녀에게 집착한다. 그러나 그녀가 무엇을 생각하고, 무엇을 느끼고, 무엇을 마음속에 간직하고 있는지에 대해서는 아랑곳하지 않는다. 자식을 향한 그 여자의 애정, 지극히 당연한 그녀의 걱정거리, 이 모든 침울한 부분을 외면하려 애쓰고 있다…….

– 남방우편기

함께 같은 방향을 바라보는 사랑

우리는 외부에 자리잡고 있는 공통된 목적에 의해 우리의 형제들과 결합될 때 비로소 우리로 숨쉬게 된다. 또한 사랑한다는 것은 서로를 마주보는 것이 아니라 함께 같은 방향을 바라보는 것이다.

– 인간의 대지

밤이여, 어서 오라!

밤이 되면 이성은 잠들고 사물만 깨어 있다. 진정 가치 있는 사물들이
본래 모습을 되찾고, 낮 동안 거듭 파괴된 후에야 되살아나는 것이다.
그것은 사람들이 이미 부서진 조각들을 주워 꿰맞춰야 한 그루 나무가
된다.

낮은 부부싸움의 무대가 되지만, 밤이 오면 말다툼을 끝낸 부부가 다시
'사랑'을 발굴해낸다. 사랑은 어지럽게 몰아치는 언어의 강풍보다 더
위대하기 때문이다. 그리하여 남편은 창가에 팔을 괴고 서서 밤하늘의
별을 바라보며 잠든 아이들과, 내일 먹어야 할 빵과, 곤한 잠에 빠져 있
는 여위고 가녀린 아내에 대해 새삼 책임감을 느낀다. 사랑이란 무언가
를 따지는 이론이 필요없다. 단지 존재할 뿐이다.

밤이여, 어서 내게로 와 사랑을 쟁취할 가치 있는 존재가 드러나게 해다오! 밤이여 문명에 대해, 운명에 대해, 국가와 연대의 의미에 대해 사색할 수 있게 해다오! 아직은 내가 달리 표현할 방법을 터득하지 못하고, 내 힘으로는 도저히 어찌할 수 없는 진리를 위해 봉사할 엄두라도 내게 해다오……!
지금 이 순간 나는 은총을 잃어버린 기독교도와 조금도 다를 바 없다.

- 전시조종사

생텍쥐페리 연보

앙투안 마리 로제 드 생텍쥐페리
(Antoine-Marie-Roger de Saint-Exupéry, 1900~1944년)

1900. 06. 29

프랑스 리옹에서 태어남. 아버지인 장 마리 드 생텍쥐페리(백작)는 보험회사에
근무했고, 어머니는 프로방스 출신의 마리 브와이에 드 퐁스콜롱브.

1902. (2세) 동생 프랑수아 태어남.

1904. (4세)

아버지 사망. 열 살 때까지 외할머니의 성(城)인 모르 성과,
이모인 트리코 부인이 살고 있는 생모리스 드 레망에서 보냄.

1908. (8세) 리옹의 몽테 생바르테레미 학교에서 초등교육을 받기 시작.

1909. (9세)

여름이 끝나갈 무렵, 아버지의 출생지인 망스로 온가족이 이사.
10월, 예수회의 노트르담 드 생트 크루아에 통학생으로 입학.

1910. (10세)

어머니 마리 드 생텍쥐페리는 시댁과 망스의 시골생활에 적응하지 못한 나머지
앙투안과 동생 프랑수아를 고모들에게 맡기고 생모리스 드 레망으로 돌아옴.

1912. (11세)

여름방학을 앙베리에서 보냄. 생모리스 드 레망에서 동쪽으로 수 킬로미터 떨어진 곳
에 있는 비행장까지 자전거를 타고 가 몇 시간 동안이나 정비사들에게 비행기 운항에
대해 물어봄. '베르토 브로블레브스키'라는 비행기를 타고 첫 비행을 함.

1914. (14세)
중학교에서 작문상을 받음. 오스트리아 황태자 부부가 사라예보에서 암살됨. 제1차 세계대전 발발. 삼촌인 로제 드 생텍쥐페리 전사. 동생 프랑수아와 함께 예수회 신부들이 관리하는 노트르담 드 몽그레 중등학교로 전학.

1915. (15세)
망스의 생트 크루아로 돌아옴. 이 무렵 발자크, 보들레르, 도스토예프스키 등의 작품 탐독. 스위스의 프리부르에 있는 마리아회 수도사들이 관리하는 빌라 생장에 등록.

1917. (17세)
대학입학자격시험에 합격.
빌라 생장에서 학업을 마칠 즈음, 동생 프랑수아 사망.

1918. (18세)
파리의 생루이 고등학교에서 해군사관학교와 국립공예고등학교 입학 시험 준비. 루이즈 드 빌모랭을 만남. 11월 11일, 르동에서 휴전 선포.

1919. (19세)
해군사관학교 입학시험 불합격. 파리미술학교 건축과 입학.

1921. (21세)
공군으로 입대, 제2비행연대에 배속되어 본격적으로 조종 수업을 받음.

1922. (22세)
하사관으로 진급. 전투기 조종사 자격증 취득. 공군 소위로 임관. 루이즈 드 빌모랭과 약혼.

1923. (23세)
부르제에서 첫 번째 비행기 사고를 당함. 약혼녀 집안의 반대로 공장에 취직.
9월, 루이즈 드 빌모랭과 파혼.

1924. (24세) 자동차 회사에서 근무.

1925. (25세) 작가 장 프레보를 알게 됨.

1926. (26세)
잡지 〈나비르 다르장〉에 첫 작품 『비행사』(『남방우편기』의 초고) 발표.
운송조종사 면허 취득. 라테코에르 항공사에 조종사로 복귀.

1927.(27세)
툴루즈 – 카사블랑카 – 다카르의 정기우편비행 업무를 맡음.

1928.(28세)
리우데자네이루 – 부에노스아이레스 노선의 첫 야간비행. 무어인들에게 100여 일 동안 포로로 잡혀 고생함.

1929.(29세)
메르모즈, 기요메와 함께 새로운 항공노선을 개척하기 위해 남아메리카로 떠남. 아르헨티나 항공 회사의 책임자로 임명됨. 부에노스아이레스와 푼타아레나스를 연결하는 파타고니아 노선 개척. 『남방우편기』 출간.

1930.(30세)
레종 도뇌르 훈장 수훈. 『야간비행』 집필. 안데스 산맥을 무착륙 비행하며 실종된 친구 기요메를 찾아나섬. 엘살바도르 출신의 콘수엘로 순신을 알게 됨.

1931.(31세)
파리로 돌아와 콘수엘로 순신과 결혼. 프랑스와 남미를 연결하는 항공우편사업에 종사. 『야간비행』으로 페미나 문학상 수상.

1932. (32세)
파리에 거주하면서 마르세유 – 알제리 노선을
수상비행기로 운항.

1933. (33세)
라테코에르 항공사의 시험 조종사로 근무.
생라파엘에서 사고를 당함.

1934. (34세)
에어 프랑스에 입사해 유럽, 북아프리카, 아시아 등지를 여행.
착륙장치를 개발하여 특허를 받음.

1935. (35세)
〈파리 수아르〉지의 특파원으로 모스크바에 파견됨. 12월 29일, 기관사 프레보와 함께 파리 – 사
이공간의 비행기록을 깨기 위해 시문(SIMOUN)기를 타고 장거리 비행에 나섰다가 리비아 사막에
불시착해 5일 만에 기적적으로 구조됨.

1936. (36세)
파리로 돌아와 〈앤트랑지장〉지에 자신의 모험담을
기고. 〈앤트랑지장〉지의 특파원으로 파견되어 에스
파냐 내전 상황을 취재, 보도. 친구 메르모즈가 남대
서양에서 실종됨.

1937. (37세)
〈파리 수아르〉지의 특파원으로 마드리드에서 근무.

1938. (38세)
과테말라에서 비행기 착륙 사고로 중상을 입고 5일 동안 의식불명상태에 빠짐. 뉴욕에서 몇 달 동안 회복기를 거친 후 프랑스로 돌아옴.

1939. (39세)
『인간의 대지』로 아카데미 프랑세즈 소설 대상 수상. 국가도서상 수상. 제2차 세계대전 발발로 동원 명령을 받고 2-33 정찰비행단에 배속, 알제리로 파견됨.

1940. (40세)
전쟁 임무를 수행하고 군에서 제대. 『성채』 집필.
친구 기요메가 지중해에서 격추되어 사망. 미국 망
명을 결심하고 뉴욕으로 향함.

1941. (41세)
뉴욕에 거주하면서 『전시조종사』 집필.

1942. (42세)
뉴욕에서 『전시조종사』의 영문판이 '아라스 비행'
이라는 제목으로 출간되어 6개월 동안 베스트셀러
1위를 차지함.

1943.(43세)

『어느 인질에게 보내는 편지』출간. 『어린왕자』발표. 대위로 미군 부대에 합류. P-38 라이트닝기의 조종 훈련을 받고 소령으로 진급. 8월에 예비역 편입.

1944.(44세)

사르데뉴 섬 알게로 기지의 2-33 정찰비행단으로 복귀. 7월 31일, 마지막 정찰 임무를 수행하기 위해 출격한 이후 연락 두절. 독일 정찰기에 의해 격추되었으리라고 추정. 11월 3일, 군대 명부에 사망자로 기입.

사막은 아름다워. 어딘가에 우물을 숨기고 있기 때문에…

6

그대가 사막에 살고 있다면

지금 나는 사막에 홀로 떨어져 끼니가 없어 굶주릴 때보다도 더 절실한 고독에 빠져 있다.

사막을 향기롭게 해주는 오아시스로 다가갈 수 없다면, 이 사막에서 난 무엇을 하란 말인가. 원주민의 풍습과 한계 지을 국경이 없다면, 이 지평선 끝에서 난 무엇을 하란 말인가. 멀리서 열리는 회담 소식이라도 전해주지 않는다면, 이 사막의 바람으로 난 무엇을 하란 말인가. 도대체 이 사막에서 정체를 알 수 없는 물질을 가지고 내가 해야 할 일이 무엇인가.

그러나, 명심하라. 우리는 언제까지나 모래 위에 앉아 있게 될 것이다. 당신은 스스로 겪어본 사막에 대해 이야기할 것이고, 지금 눈앞에 보이는 이 사막이 아니라 그대의 사막이 지닌 모습을 보여주게 될 것이다. 단지 세상의 형편에 의지하고 있는 당신은 돌변할 것이다. 방에 앉아 있는 그대에게 집에 불이 났다고 알려줘도 당신은 그대로 앉아 버틸 수 있겠는가. 또 때마침 당신이 사랑하는 연인의 발소리를 듣게 된다 해도 가만히 앉아 있을 수 있겠는가. 그녀가 당신 쪽으로 다가오지 않고 서 있다고 해도 마찬가지다.

지금 내가 터무니없는 환상을 늘어놓고 있다고 생각하지 마라. 내 말을 믿으려 하지 말고, 그대로 새겨들어라. 전체가 없이 부분만 존재한다면 무슨 소용인가. 신전은 없고 돌무더기만 있다면, 그리고 사막이 없는 오아시스가 대체 무슨 소용인가.

그대가 섬 한가운데에 살면서 뭔가를 알고자 할 때는, 내가 그대를 찾아가 바다에 대해 말해줘야 한다. 또 그대가 사막 한가운데에 살고 있다면, 멀리서 벌어지는 결혼식이나 포로 석방 또는 적의 진군에 대한 이야기를 들려주러 내가 찾아가야 한다. 그리고 당신에게서 멀리 떨어진 곳에 설치된 캠프 아래서의 결혼식 불빛이 그대의 사막까지 비춰지지 않았다고 불만을 품는다면, 그건 잘못된 것이다. 대체 그대의 권능이 미치는 곳이 어디란 말인가.

- 성채

희박한 가능성에 희망을 걸고

사막에서 행방불명된 비행기 한 대를 찾아내는 데는 약 3,000킬로미터에 걸쳐 보름이 소요된다. 사람들은 우리를 찾기 위해 트리폴리에서 페르시아까지 뒤져야 할 것이다. 그럼에도 나는 기대하기 힘든 가능성에 희망을 걸고 있다. 다른 희망은 보이지 않으니까! 오늘 나는 혼자 탐험에 나서기로 마음먹었다. 프레보는 누가 나타나면 불을 피울 계획이었지만, 아무도 나타나지 않을 것이다.

나는 간다. 되돌아올 기력이 있을지는 장담하지 못한다. 리비아 사막에 대해 내가 알고 있는 것들이 기억난다. 그곳에서는 습도가 18퍼센트로 떨어지는데, 사하라 사막은 40퍼센트의 습도를 유지하고 있다. 그래서 생명이 수증기처럼 증발한다. 베두인족이나 여행자들, 식민지의 장교들은, 사람은 19시간 동안 아무것도 마시지 않고 견딜 수 있다고 주장한다. 그리고 20시간이 지나면 눈은 빛으로 가득 차고 최후가 시작된다. 갈증의 걸음은 벼락같다.

- 인간의 대지

꽃
과
우
물

어린왕자가 말했다.

"별들은 아름다워. 보이지 않는 한 송이 꽃 때문에……."

"사막은 아름다워. 어딘가에 우물을 숨기고 있기 때문에……."

– 어린왕자

평온한 새벽을 떠올리며

조종사에게 이 밤은 가닿을 해안 하나 없는 속수무책의 밤이다. 어느 항구로도 접근할 수 없고, 새벽도 한없이 멀게만 느껴지는……

앞으로 1시간 10분이면 가솔린이 바닥날 것이다. 그래서 이 짙은 어둠 속으로 하염없이 흘러갈 수밖에 없을 것이다. 날이 샐 때까지 버틸 수만 있다면…….

파비앵은 이 고통스런 밤이 지난 다음 좌초당해 머물게 될 황금의 모래해안처럼 새벽을 떠올렸다. 곧 깨끗한 해안이 나타나리라. 평온한 대지는 잠자는 농가와 가축떼와 작은 산들을 떠받들고 있을 것이다. 어둠 속에 떠 있는 모든 것이 안전하리라. 할 수만 있다면 밝은 빛을 향해 헤엄이라도 쳐나가고 싶었다.

파비앵은 자신이 포위되었다고 생각했다. 좋든 싫든 모든 것이 이 짙은 어둠 속에서 해결될 것이다.

그것은 사실이었다. 때때로 그는 날이 새는 광경을 직접 볼 때마다 어떤 회복기로 접어든 것이 아닌가 하는 생각이 들었다. 그러나 해가 있는 동쪽을 뚫어져라 바라본들 무슨 소용이 있겠는가. 그와 태양 사이에는 너무나 깊은 밤이 가로 놓여 있는 것을.

− 야간비행

다시 시작한다는 것

오늘밤 그들이 두려워했는지 아닌지를 안다는 것이 나와 무슨 상관이랴. 그들이 파산을 원했는지, 아니면 기어코 회피했는지를 안다는 것도 나와는 무관하다. 설사 그들이 달아날 준비를 했다 할지라도.

그러나 그들은 달아나지 않았다. 왜냐하면 이튿날 밤에 다시 시작하기로 했기 때문이다. 그것은 대양 위에서 역풍을 거스르며 날아가는 철새의 출발이다.

그들이 날기에 대양은 너무나 드넓다. 어느 해변으로 향하고 있는지는 그들 자신도 모른다. 그러나 그들의 작은 머리는 그 비상(飛翔)이 내포하고 있는 태양과 뜨거운 모래의 영상을 간직하고 있다.

- 마드리드

희망의 빛

리비에르는 남쪽 비행장에서 온 전보들을 뒤적거렸다. 전보는 모두 비행기의 침묵을 알리고 있었다. 어떤 비행장에서는 이미 부에노스아이레스에 응답을 보내지 않고 있었다. 그리고 지도 위에는 통신이 끊긴 지역을 표시하는 그림자가 늘어가고 있었다. 그들 지역의 소도시들은 이미 태풍이 몰아쳐 문이란 문은 모두 닫히고, 불빛 없는 거리의 집들은 마치 한 척의 선박처럼 세상을 버리고 어둠 속에 잠겨 있었다. 오직 새벽만이 그들을 구출해줄 것이다.

그러나 지도 위로 몸을 굽히고 있는 리비에르는 여전히 맑은 하늘의 피난처를 찾아낼 것 같은 희망을 간직하고 있었다.

- 야간비행

그가 미소짓자 비극이 지워지고
모든 것이 변화되었다.

비극적인 진실 앞에서

파비앵은 숨을 깊이 들이쉬었다. 무전사
가 번개 때문에 겁이 나 안테나를 걷어올
리면, 도착해서 그의 머리를 쥐어박을 셈
이었다. 무슨 수를 써서라도 부에노스아
이레스와는 연락이 닿아야 했다. 마치
1,500킬로미터 이상이나 떨어진 그곳에
서 어둠의 심연 속에 빠진 자신들에게 구
원의 밧줄이라도 던져줄 수 있는 것처럼.
흔들리는 불빛 대신에, 소용없긴 하지만
등대처럼 대지가 존재한다는 것을 증명
해줄 여인숙의 등불 하나 보이지 않는 대
신에 그는 목소리라도, 이미 존재하지 않
는 세계에서 들려오는 그 유일한 목소리
만이라도 필요했다.

조종사는 이 비극적인 진실을 뒤에 있는
무전사에게 알려주려고 붉은 불빛에다
주먹을 들어 흔들었지만, 황량한 공간 위
로 파묻힌 도시들과 꺼져버린 불빛 위로
몸을 숙이고 있는 무전사는 그것을 알지
못했다.

- 야간비행

삶의 흔적

살아왔다는 사실을 어딘가에 흔적으로 남기는 것은 무척이나 중요하다. 풍습이 그렇고, 집안의 경조사가 그렇고, 추억을 간직한 고향집도 그렇다. 돌아오기 위해 사는 것이 중요하다.

– 어느 인질에게 보내는 편지

바람이 배에 활력을 불어넣듯

그는 '섬들'에 대한 이야기를 듣고 배를 만들던 과거의 작은 도시들을 생각했다. 그들의 희망을 그 배에 싣기 위해. 그들의 희망이 바다 위에 돛을 펼치는 광경을 사람들이 볼 수 있게 하기 위해.

그 한 척의 배로 인해 모든 것은 부풀어오르고, 그들 자신을 제외한 모든 것이 끌어내어지고, 모든 것이 해방된다.

'목적이란 어쩌면 아무것도 정당화시킬 수 없을지도 모르지만, 행동은 죽음으로부터 해방시켜준다. 그 사람들은 그들의 배로 인해 계속 사는

것이다.'

그러므로 이 전보들에게 그것의 충만한 의미를, 밤샘하는 작업자들에게 그들의 불안을, 조종사들에게 그들의 비장한 목적을 들려줄 때 리비에르 역시 죽음에 맞서 싸우게 될 것이다. 마치 바람이 바다의 범선에 활력을 불어넣듯 생명이 이 일에 기운을 북돋아줄 때 그는 죽음에 맞서 싸우게 될 것이다.

- 야간비행

그의 미소

그가 천천히 기지개를 한번 켜더니 이마에 손을 얹고 내 얼굴을 똑바로 쳐다보았다. 그리고 매우 놀랍게도 그가 미소를 지었다. 그것은 마치 갑자기 태양이 솟구치는 것 같았다.

이 기적은 비극을 끝장내는 것이 아니라, 단지 빛이 어둠을 가리듯 그 비극을 살짝 지워버렸다. 이제 더 이상 그 어떤 비극도 없었다. 그렇다고 눈에 띄게 변화된 것도 없었다. 낡은 석유 램프, 서류가 흩어져 있는 탁자, 벽에 등을 기대고 있는 사람들, 물건들의 빛깔과 냄새…… 모든 것이 그대로였다.

그러나 실제로는 모든 것이 변화되었다. 이 미소가 나를 구출해준 셈이다. 그것은 일출만큼이나 번복할 수 없는 확실한 표시였고, 다음에 일어날 결과를 결정적으로 명백하게 만든 표시였다. 새로운 기원(紀元)이 시작되었다. 아무것도 변화되지 않았으나 모든 것이 변했다. 서류가 흩어진 탁자가 살아났다. 석유 램프가 광채를 품었다. 벽이 살아 있었고, 이

지하실의 죽은 물건에서 스며 나오던 권태
감도 요술을 부린 듯 훨씬 가벼워졌다. 그
것은 보이지 않는 피가 다시 순환하기 시작
하여 육체 속의 모든 사물을 다시 연결해주
면서 그것들에게 새로운 의미를 회복시켜
준 것과 같았다.

– 어느 인질에게 보내는 편지

사막의 우물

사막에서 목이 마른 사람은 자신이 알고 있
는 우물을 떠올리면서 쓰러지지 않고 앞으
로 나아갈 수 있다. 착란상태에서 그는 우
물에 매달려 삐걱거리는 도르래 소리와 밧
줄이 내려지는 소리를 듣는다. 이런 사람은
목마름도 모르고 밤하늘의 별이 자신을 우
물 곁으로 안내할 거라고 믿는 사람보다 훨씬 더 행복하다.

나는 그대가 본능적으로 물에 쏟는 집착과 더불어 물을 더욱 동요하게
한다는 이유로 그대가 느끼는 갈증을 존중해줄 생각은 없다. 그럼에도
그대의 갈증을 높이 사는 것은 당신에게 별을 이해하게 하고 바람과 모
래 위의 발자취를 읽을 수 있게 한다는 근거가 되기 때문이다.

내가 당신에게 금주령을 내려 삶의 생기와 활력을 불어넣어주는 술을

못 마시게 하더라도 인생의 희화(戱畵)에 지나지 않음을 이해해야 한다. 만일 내가 당신에게 물을 마시라고 요구한다면 별빛 아래서 행진하는 절차와, 녹슨 손잡이에 대한 의식에 순종하는 행위가 얼마나 중요한지를 이해하는 것도 아주 본질적인 일이다. 녹슨 손잡이는 그대의 행동을 기도의 의미가 되게 한다. 그대의 배를 채울 식량이 마음의 양식으로 바뀌게 하기 위해서!

- 성채

다시 돌아갈 수만 있다면

사랑하던 그대들이여, 잘 있거라.

인간이 마시지 않고 사흘을 못 견뎌냈다고 해서 내 잘못은 아니다. 이렇게도 내가 샘물의 포로일 줄은 몰랐다. 이렇게 나약한 존재인 줄도 미처 몰랐다. 사람들은 인간이 곧장 나아갈 수 있다고 믿고 있다. 인간은 자유롭다고 믿고 있다. 그러나 사람들은 인간을 우물에다, 탯줄처럼 대지의 배에다 붙들어맨 끈을 보지 못한다. 한 걸음만 더 내디디면, 죽어버릴……!

머잖아 내 주검을 발견할 당신들의 고통을 제외하곤 아무것도 후회되지 않는다. 나는 운이 좋았던 편이다. 만일 돌아갈 수만 있다면, 나는 다시 시작하리라. 나는 살아야 한다. 이미 도시에는 인간의 그림자가 보이지 않는다.

여기서는 비행이 중요치 않다. 비행기는 수단이지 목적이 아니다. 비행기를 위해 자신의 목숨을 내걸지는 않는다. 농부 역시 쟁기를 위해 땅을 가는 것이 아니다. 그런데 사람들은 비행기에 의해 도시와 자신의 이해득실을 떠나 농부의 진리를 재발견하게 된다.

인간은 일을 함으로써 인생의 고민을 알게 된다. 사람들은 바람과 별과 밤과 모래와 바다와 접촉한다. 인간은 자연의 힘에 맞서 지혜를 부린다. 사람들은 봄을 기다리는 정원사처럼 새벽을 기다린다. 그리고 약속의 땅인 양 착륙지를 고대하며 별 속에서 자신의 진리를 찾는다.

나는 더 이상 불평을 늘어놓지 않을 것이다. 이미 사흘 전부터 걸었고, 목이 말랐고, 모래 속의 발자취를 쫓았고, 이슬로 희망을 삼았다. 지상 어딘가에 살고 있는지도 모르는 동기들과의 재회를 꿈꾸며 애써 찾았다. 이것이야말로 살아 있는 자가 마땅히 해야 할 걱정이다. 나로서는 이것이 밤에 뮤직홀을 고르는 일보다 엄청나게 더 중요하다고 판단하지 않을 수 없다.

– 인간의 대지

널 바라볼 수 있다는 것만으로도 난 이 세상에서 가장 행복해

7

한 사람을 알게 되는 기쁨

"별은 사람들에게 서로 다른 존재로 받아들여져. 여행하는 사람에겐 길잡이가 되고, 어떤 사람에겐 작은 빛일 뿐이고, 학자에겐 연구해야 할 대상이고, 내가 만난 사업가에겐 금이 되지. 그렇지만 별들은 한결같이 침묵하고 있어. 아저씬 어느 누구도 갖지 못한 별들을 갖게 될 거야. 밤에 하늘을 올려다볼 때면 내가 그 별들 가운데 한 곳에 살고 있을 테니까. 그 별들 가운데 한 곳에서 내가 웃고 있을 테니까. 그래서 아저씨에겐 모든 별이 웃고 있는 것처럼 보일 거야. 아저씬 웃을 줄 아는 별들을 갖게 되는 거지. 그래서 아저씬 나를 알게 된 것을 기뻐하게 될 거야. 아저씬 언제까지나 내 친구로 남게 될 거야. 나와 함께 웃고 싶을 거고. 그래서 이따금 창문을 열어보게 되겠지……."

– 어린왕자

살아 있음을 느끼다

그는 비행기에 머리를 파묻었다. 라듐이 빛을 내기 시작했다. 조종사는 계기판 숫자를 하나하나 점검하고는 만족해했다. 자신이 창공에 든든히 자리잡고 있음을 확인한 것이다.

그는 손가락으로 가볍게 쇠로 된 세로재를 만져보면서, 그 안에 생명이 흐르고 있음을 느꼈다. 금속은 미동도 없었지만 분명 살아 있었다. 500마력의 엔진이 아주 미세한 전류를 흐르게 하여 얼음조각처럼 차가운 강철을 벨벳 같은 살로 변하게 한 것이다. 조종사는 비행하면서 현기증이나 도취가 아닌, 살아 있는 육체의 신비로운 활동을 다시 한 번 실감할 수 있었다.

- 야간비행

양이 내 꽃을 먹는다면

"수백만 년 전부터 꽃들은 가시를 만들고 있어. 양도 수백만 년 전부터 꽃을 먹어왔고. 그런데도 왜 꽃들이 아무짝에도 쓸모없는 가시를 만들어내는지를 이해하는 게 중요하지 않다는 거야? 양과 꽃들의 전쟁은 중요하지 않단 말이야? 그 뚱뚱하고 얼굴이 빨간 신사의 계산보다도 중요하지 않다는 거야? 그래서 이 세상 어디에도 없고 오직 내 별에만 있는, 이 세상에 단 한 송이밖에 없는 꽃을 내가 알고 있고, 그 꽃을 어느 날 아침 무심코 양이 먹어버릴 수도 있다는 건 중요하지 않다는 거야?

수백만 개의 별 중에 단 한 송이밖에 존재하지 않는 꽃을 사랑하고 있는 사람은 그 별들을 바라보는 것만으로도 행복할 수 있어. 그는 마음속으로 '저 어딘가에 내 꽃이 있겠지……' 하고 말할 수 있거든. 하지만 양이 그 꽃을 먹는다면 그에게는 갑자기 모든 별이 사라져버리는 것과 마찬가지야. 그런데도 그게 중요하지 않다는 거야?"

– 어린왕자

정원은 나에게 향기의 원천이다

기다림의 미학을 모르는 사람은 시를 이해할 수 없다. 그들에게는 욕망을 보상해주고 몸을 추슬러주고 과일을 익게 하는 시간이 원수처럼 여겨지기 때문이다. 그들은 오직 물질에 대한 집착과 탐욕으로 즐거움을 풀어내려고 한다.

기쁨은 물질을 꿰뚫어 완전히 자신의 것으로 인식하는 과정에서 찾아든다. 그래서 나는 길을 가고 또 나아갈 뿐이다. 내가 정원에 발을 들여놓으면, 정원은 나에게 향기의 원천이 된다.

나는 또 가을 정원의 벤치에 앉아 바라본다. 나뭇잎이 떨어지고, 시들어가는 꽃도 있다. 이렇듯 모든 것은 죽어가서 다시 때를 기다려 생성된다. 이 과정에는 추호의 비애도 없다. 단지 나는 높은 파도가 덮쳐오는 바다에서처럼 사위를 경계할 뿐이다.

- 성채

비행의 즐거움

피레네 산맥 능선에 쌓인 눈이 장밋빛으로 변했소. 나르본의 늪 역시 똑같이 바라다 보이는군요. 당신은 상상할 수 있겠소?
나는 엔진 속도를 늦추면서 파랗게 보이는 페르피냥 쪽으로 내려갔소. 그 광경은 참 황홀했소. 그러나 이것은 조금 과장해 묘사하는 것이오. 비행기도 고장나지 않고 짙은 안개도 없을 때의 하강이 얼마나 유쾌한지 한번 상상해보시오. 물론 엔진이 고장날 수도 있소. 그땐 비행기가 수직으로 떨어지는데, 몸을 좌석 등받이에 바싹 붙이고 조종기를 조종

하면서 바람을 이용해 비행하지요.

조종기를 누르면 비행기는 상승하고, 조종기를 너무 억제하면 서서히 내려오게 되지요. 그리고 마지막 집들과 가로수들이 뒤로 넘어지며 달아나면 착륙하게 되는 것이오. 착륙은 참 유쾌한 일이지요. 그후에는 권태로워지지만요.

오늘 나에게 배달된 편지가 없군요. 당신을 진심으로 원망하오.

- 젊은 날의 편지

WHEN YOU'RE A LONG, LONG WAY FROM HOM

I know where the sun is shining, I know where someone is
Just a simple pal, a country gal, I know she's true :
What's the use of tears and sighing? After many years of
Guess I'm going home no more to roam, I'm feeling blue.

네가 오후 4시에 온다면
난 3시부터 행복해지기 시작할 거야.

매주 53분

장사꾼은 목마름을 달래주는 새로운 알약을 팔고 있었다.
1주일에 한 알씩 먹으면,
마시고 싶은 욕망을 느끼지 않게 해주는 약이었다.

어린왕자가 그 장사꾼에게 물었다.
"왜 그걸 팔아?"
장사꾼이 대답했다.
"시간을 굉장히 절약할 수 있거든.
전문가들이 계산해보니까 매주 53분씩 절약할 수 있대."

"그 53분으로 뭘 하지?"
"하고 싶은 걸 하지……."

그 말을 들은 어린왕자는 마음속으로 생각했다.
'만일 내게 마음대로 쓸 수 있는 53분이 있다면,
어딘가에 있을 우물을 향해 한 걸음씩 걸어갈 텐데…….'

– 어린왕자

노예의 일생

쥐비에서 나는 벌거벗고 죽는 노예들을 본 적이 있다.

오랫동안 위대한 사랑으로 살아온 사람들이 갑작스레 그것을 빼앗기면 자신의 고독하고 높은 신분에 염증을 느끼는 경우가 있다. 그러면 아주 겸손하게 일상에 접근하여 평범한 사랑으로 자신의 행복을 만들어낸다. 그들은 단념하고 노예화되어 사물의 평화 속으로 들어가는 것이 편리함을 깨닫는다. 노예는 주인의 불씨를 자신의 자랑으로 삼는다.

가끔씩 주인은 포로에게 이렇게 말한다.

"자, 들게나."

모든 피로와 폭염에서 벗어나 저녁의 시원함 속으로 나란히 들어감으로써 노인을 대하는 마음이 어질어졌을 때 비로소 주인은 노예에게 차 한 잔을 허락한다. 그러면 노예는 고마움에 눈물겨워하며 주인의 무릎에 입을 맞춘다. 이제 노예는 사슬에 매여 있지 않다. 그런 게 무슨 소용이겠는가! 이렇게나 충실한데!

그리고 어느 날 그 노예는 해방된다. 자신이 받는 식량이나 천값을 못할 정도로 늙으면, 그에게 터무니없이 커다란 자유가 주어진다. 이후 사흘 동안 노예는 이 천막에서 저 천막으로 옮겨다니며 매달리게 된다. 그러고는 점점 더 허약해져 셋째 날이 끝나갈 무렵에는 늘 그렇듯이 모래 위에 얌전히 눕게 된다……

– 인간의 대지

날 길들여줘

여우가 말했다.

"내 생활은 무척 단조로워. 난 하루종일 병아리를 쫓고 사람들은 나를 쫓지. 병아리들은 모두 똑같고 사람들도 모두 똑같아. 그래서 난 좀 심심해. 하지만 네가 날 길들인다면 내 생활은 환해질 거야. 다른 모든 발걸음소리와 구별되는 발걸음소리를 알게 되겠지. 다른 모든 발걸음소리는 나를 땅 밑으로 기어 들어가게 만들겠지만, 너의 발걸음소리는 땅 속의 날 밖으로 불러낼 거야! 그리고 저길 봐! 저 밀밭 보이지? 난 빵은 먹지 않아. 밀은 내겐 아무 소용도 없어. 난 밀밭을 봐도 생각나는 게 없어. 그건 서글픈 일이지! 그런데 넌 금빛 머리카락을 갖고 있어. 그러니 네가 날 길들인다면 정말 근사할 거야! 밀은 금빛이니까 언제라도 널 생각나게 할 거야. 그래서 난 밀밭 사이를 스쳐지나가는 바람소리도 사랑하게 될 거야. 부탁이야, 날 길들여줘……!"

어린왕자가 말했다.

"그래, 나도 그러고 싶어. 하지만 내겐 시간이 많지 않아. 친구들을 찾아야 하고, 알아야 할 것들도 많아."

"우린 우리가 길들이는 것만 알 수 있는 거야."

여우가 말했다.

"사람들은 이제 아무것도 알 시간이 없어졌어. 그들은 상점에서 이미 만들어진 것들을 사거든. 그런데 친구를 파는 상점은 없으니까 사람들은 이제 친구가 없는 거지. 친구가 갖고 싶거든 날 길들여줘."

어린왕자가 물었다.

"그럼 어떻게 해야 하는데?"

"참을성이 있어야 해."

여우가 대답했다.

"우선 내게서 조금 떨어져서 풀숲에 앉아 있어. 그럼 난 널 곁눈질해서 볼 거야. 넌 아무 말도 하지 마. 말은 오해의 근원이니까. 날마다 넌 조금씩 더 가까이 다가앉게 될 거야⋯⋯."

이튿날 어린왕자는 여우가 말해준 곳으로 갔다.

여우가 말했다.

"언제나 같은 시각에 오는 게 더 나을 거야. 이를테면 네가 오후 4시에 온다면 난 3시부터 행복해지기 시작할 거야. 시간이 지날수록 난 점점 더 행복해지겠지. 그러다가 4시가 되면 난 흥분해서 안절부절못할 거야. 그래서 행복이 얼마나 값진 것인지를 알게 되겠지! 아무 때나 오면 몇 시에 마음을 단장해야 할지를 알 수 없잖아."

– 어린왕자

향기로운 새벽 식탁

시스네로스 비행장을 찾아내어 가솔린만 가득 채울 수 있다면 우린 계
속 비행할 것이고, 서늘한 새벽 즈음에는 카사블랑카에 도착할 것이다.
그러면 일은 끝나는 거다!
네리와 나는 도시로 내려간다. 새벽이지만 문이 열려 있는 작은 술집들
이 있다. 네리와 난 마음을 푹 놓고 지난밤의 일을 웃으면서 따뜻한 크

루아상과 밀크커피가 놓인 식탁 앞에 앉을 것이다. 네리와 난 그 생명의 아침을 선물받게 될 것이고, 시골 할머니의 모습이 그려진 소박한 메달과 염주를 통해서만 신과 만나게 될 것이다.

우리 자신을 이해시키려면 단순하게 말해야 한다. 나는 향기롭고 따뜻한 첫 한 모금 속에서, 우유와 커피와 밀의 혼합 속에서 삶의 기쁨을 맛본다. 거기서부터 사람들과 조용한 목장, 이국의 농장, 수확물들이 하나가 되면 마침내 사람들은 온 대지와도 하나가 된다.

저렇듯 많은 밤하늘의 별들 가운데 우리의 능력이 미치는 곳에 자신을 두기 위해 새벽 시간에 향기로운 식탁을 차려주는 별은 오직 하나밖에 없다……

– 인간의 대지

밤은 생명을 잉태하고 어머니는 백발의 껍질을 버린다

8

그대에게 이 사막은

진주를 손으로 만지긴 해도 밝은 곳으로 끌어내지 못하는 인도의 잠수
부여, 이제 그대는 보물을 찾으러 어디로 가려 하는가?
납덩이처럼 땅바닥에 박혀 있는 내가 걸어가고 있는 이 사막, 나는 여기
서 아무것도 발견할 수 없으리라.
그러나 마술사인 그대에게는 이 사막이 베일처럼 여겨질 것이며, 가면
놀이에 지나지 않으리라……

– 남방우편기

철의 대지

나는 사하라를 무척 사랑했다. 나는 여러 밤을 불귀순
지역에서 지낸 적이 있다. 바람이 바다 수면에 그러듯
물이랑이 그려진 황금빛 공간에서 나는 잠이 깼다.

우리는 완만한 언덕의 비탈로 걸어간다. 땅은 반짝거
리는 검은 조약돌의 층 하나만으로 온통 뒤덮인 모래
였다. 마치 금속비늘처럼. 우리를 둘러싼 둥근 모래지
붕이 갑옷처럼 번쩍거렸다. 우리는 광물의 세계 속에
떨어져 있었다. 철(鐵)의 대지에 갇혀 있었던 것이다.

– 인간의 대지

나무가 보여주는 것들

그대의 나무는 좋으면서도 나쁘다. 모든 열매가 한결
같이 당신을 기쁘게 해주지는 않는다. 그러나 그 속에
는 아름다움이 있다.

훌륭한 열매의 아름다움에 거드름을 피우기도 쉽지
만, 다른 열매를 경멸하기도 쉽다. 그것은 한 그루가
내보여주는 다양한 모습이기 때문이다.

나뭇가지를 선택하는 것도 쉽지만, 다른 나뭇가지를
밀어내는 것도 그렇다. 그대의 아름다운 나뭇가지를
자랑해도 좋다. 그러나 부족한 나뭇가지는 감춰주어
라. 그리고 입을 다물어라.

- 성채

소도시에서

어느 나라에 가서 새로운 것들을 본다는 것은 정말 경이로운 일이오. 언어가 바뀐 역에는 이름도 없고, 세관원도 짐꾼도 없고, 그 나라를 명예롭게 하는 날품팔이 마차의 마부도 없소. 사람들은 아직 멍한 상태로 단번에 소도시의 자질구레한 모습으로 젖어들지요.

리네트, 에스파냐는 마치 카페의 보이와도 같고 예쁘지도 않은 페피타 여관 주인에 불과하오. 서글픈 느낌이 드는 나라이지요.

이 나라는 또 비행기가 고장나기에 딱 좋을 정도로 지면이 울퉁불퉁하고 기복이 심하오. 그래서 매우 낮은 지대와 기복이 심한 곳들을 경유해 깎아지른 절벽을 따라 올라갈 때도 있지요.

내가 출발하던 전날, 상부에서 나를 불러 말해주었소. 내 머리 위로 구름이 막혀서 시야가 전혀 보이지 않고, 마지막 구멍이 보이는 아래쪽으로 적당한 때에 50미터 정도로 고도를 낮춰 통과해야 하는 절벽도 있다고 말이오. 확실히 바다처럼 드넓게 깔린 구름 위를 나침반을 보고 비행하는 것은 무척 재미있소. 조용하고 평온한, 하얗게 전개되는 평원을 바라보노라면 황홀한 고독감을 느끼게 되지요.

당신은 부르제 공항에서의 비행을 알지 못할 거요. 그리고 당시의 정신 상태도 이해하지 못할 거요. 이곳에서의 비행은 전혀 다르오. 다른 비행과 비교할 수 없을 정도로 힘들지만, 그만큼 더 황홀하지요.

리네트, 내가 이곳에서 돌아다닌 시골길을 묘사하리다. 나는 오른쪽의

가로등을 지나서 카페에 들러 지금
이 의자에 앉아 있소. 나는 매번 똑같
은 가판대에서 신문을 사면서, 가게
점원에게 매번 똑같은 말을 하지요.
그렇소, 리네트. 난 항상 친구를 만나
고 있소. 언제든 이곳을 떠나 또 다른
친구를 사귀고 싶다는 욕망에 사로잡
힌 사람처럼 말이오. 이제 난 다른 카
페로 자리를 옮기든지, 다른 가로등
을 보고 다른 가판대를 찾아야겠소.
그리고 가판대 점원에게 어떤 인사를
건네야 할지 생각해야겠소. 지금보다
훨씬 더 멋진 말을 말이오.

– 젊은 날의 편지

대지 위를 날다

하늘에서 내려다본 대지는 벌거숭이에다 죽은 듯했다.

비행기가 하강한다. 그러면 대지는 옷가지를 챙겨 입는다. 숲이 대지의 속을 채우고 골짜기와 언덕들이 대지의 이랑을 새겨놓는다. 대지는 호흡하고 있다. 누워 있는 거인의 가슴처럼 보이는 산 위를 비행할 때면 그것이 비행기에 닿을 정도로 부풀어오르는 것 같았다.

이제 더 가까이 내려오자 사물들이 마치 다리 밑의 급류처럼 재빠르게 통과한다. 이것은 단조로운 세계의 와해다. 나무와 집과 마을이 편편한 지평선에서 떨어져나가 차례차례 비행기 뒤로 사라진다. 알리칸테의 대지가 솟아올라 옆으로 기울어졌다가 반듯이 고정된다. 바퀴가 땅을 스쳐가고 압연기처럼 땅바닥에 접근하며 땅이 양쪽으로 갈라진다.

– 남방우편기

해와 같은 시각에 태어난 꽃

어린왕자의 별에 아주 낯선 곳에서 날아온 씨앗이 싹을 틔웠다. 어린왕자는 다른 싹들과 닮지 않은 그 싹을 주의 깊게 관찰했다. 새로운 종류의 바오밥나무인지도 모를 노릇이었다.

그런데 그 작은 나무는 곧 자라기를 멈추고 꽃을 피울 준비를 했다. 커다란 꽃망울이 맺히는 모습을 지켜보던 어린왕자는 자기 눈앞에서 어떤 기적이 벌어지리라는 것을 예감하고 있었다. 하지만 꽃은 연둣빛 방 안에 숨어 언제까지나 아름다워질 준비만 하고 있었다.

꽃은 세심하게 빛깔을 고르고 있었다. 천천히 옷가지를 챙겨 입고 꽃잎을 하나하나 다듬고 있었다. 그 꽃은 개양귀비꽃처럼 구겨진 모습을 내보이고 싶지 않았다. 자신의 아름다움이 최고로 빛을 낼 때 비로소 드러내고 싶었다. 아! 정말, 아주 귀엽고 사랑스런 꽃이었다. 그 꽃은 어느 날 아침, 막 해가 떠오를 시각에 모습을 드러냈다.

그런데 그토록 공들여 몸치장을 한 그 꽃은 하품을 하며 말하는 것이었다.

"아! 이제 막 잠이 깼답니다. 용서해주세요…… 제 머리가 온통 헝클어져 있네요……."

어린왕자는 가슴속에서 터져나오는 감탄을 억누를 수 없었다.

"참 아름다우시군요!"

꽃이 살며시 대답했다.

"그렇죠? 전 해와 같은 시각에 태어났답니다……."

어린왕자는 그 꽃이 겸손하지 않다는 점을 눈치챘다. 그럼에도 그 꽃은 너무나 사랑스럽지 않은가!

- 어린왕자

별들이 마을이다!

비행기에서 내다보는 밤이 너무나 아름다울 때는, 비행기를 조종하지 않고 흘러가는 대로 내버려둔다. 그러면 비행기는 차츰 왼쪽으로 기울어진다. 그래서 오른쪽 날개 아래로 마을이 보여도 기체가 여전히 수평인 줄 안다.

그런데 사막에 마을이 있을 리 없다. 그렇다면 바다의 고기잡이 선단인지도 모른다. 그러나 사하라 한복판에 고기잡이 선단은 무리다. 그렇다면……? 그때서야 잘못을 깨닫고 천천히 비행기를 바로 세운다. 그러면 마을이 제자리를 잡는다. 떨어져라 내버려두었던 성좌를 그림판에 다시 건다. 마을이라고……? 그렇다, 별들이 마을이다!

그러나 망루에서 볼 때 그것은 얼어붙은 듯한 사막이나 움직임이 없는 모래의 물결에 지나지 않는다. 잘 걸려져 있는 성좌들…….

– 인간의 대지

어머니를 바라보면

나는 그 어머니를 보고 있었다. 평화롭고 굳은
얼굴에 입술을 꽉 다문 늙은 농부의 아낙, 돌의
마스크로 바뀐 그 얼굴을.

거기에서 나는 아들들의 얼굴을 알아보았다. 그
마스크는 그들의 얼굴을 찍어내는 데 소용되었
던 것이다. 그리고 어머니는 지금 쇠약해져, 그
속에서 열매를 끌어낸 모암(母岩)처럼 쉬고 있다.
그 어머니의 아들과 딸들도 자기 차례가 되면 자
신의 살로 작은 인간들을 찍어낼 것이다.

그 어머니가 죽는다. 비통하지만, 이 얼마나 순박
한가. 떠나가는 길에 백발의 아름다운 껍질을 하
나하나 버리면서, 자신의 변신을 통해 미지의 진
리를 향해 나아가는 이 아름다운 혈통의 모습.

– 인간의 대지

제가 만든 이 양초에 불을 켠 것은 당신입니다

9

바오밥나무

"아침에 몸단장을 하고 나면 정성스레 별을 몸단장해줘야 해. 늘 신경을 써서 장미와 구별할 수 있게 되는 즉시 그 바오밥나무를 뽑아버려야 해. 바오밥나무는 아주 어렸을 때에는 장미와 매우 흡사하거든. 그것은 귀찮은 일이지만 쉬운 일이기도 하지.

언젠가 그들이 여행할 때, 그것이 도움될 수도 있을 거야. 할 일을 뒤로 미루는 것이 때론 아무렇지도 않을 수 있지. 하지만 바오밥나무의 경우에는 그랬다간 언제나 큰 재앙이 뒤따르지. 난 게으름뱅이가 살고 있는 별을 알고 있어. 그는 작은 나무 세 그루를 무심히 내버려두었지…….”

– 어린왕자

마지막 기도

언젠가 내게 임종의 순간이 찾아오면, 나는 이렇게 기도할 것이다.

"주여, 이제 제가 당신께 다가갑니다. 지난 한평생 동안 저는 당신의 이름으로 밭을 갈았습니다. 그 밭에다 씨앗을 뿌린 것은 당신입니다."

"제가 이 양초를 만들었습니다. 여기에 불을 켠 것은 당신입니다."

"제가 이 신전을 지었습니다. 이 신전의 침묵 속에 안주한 것은 바로 당신입니다."

- 성채

거룩한 희생의 섬광

고결한 사랑의 과정에서 파생되는 희생은 비천하고 난폭하게 절망 속에서 파생된 자살과 분명히 구별되어야 한다. 희생을 위해서는 영지나 공동체, 또는 신전과도 같이 신이 필요하다. 신은 그대가 위임하는 몫을 받아들이고, 그대는 그 속에서 교환되는 것이다.

어떤 사람들은 모두를 위해 죽음을 받아들일 수 있었다. 설사 그 죽음이 부질없을지라도. 그런데 죽음은 절대 있어도 좋고 없어도 좋은 무용지물이 아니다. 그 죽음으로 인해 다른 이들이 더욱 아름다워지고, 더 밝은 눈과 보다 폭넓은 정신을 얻게 되기 때문이다.

어떤 아버지가 물에 빠진 아들을 구하기 위해 뛰어들지 않겠는가. 누가 위험하다며 그 아버지를 말릴 수 있겠는가. 아무도 그 아버지를 붙잡지 못할 것이다. 그렇다고 그들 부자가 물에 빠져 죽기를 바랄 것인가. 대체 누가 그들의 희생으로 풍요를 누린단 말인가.

영예란 자살이 아니라 거룩한 희생의 섬광이다.

– 성채

민족주의자

민족주의자란 연기를 하는 자다. 즉 자기 내부에 있는 어떤 인간형을 구현하고자 애쓰는 자인 것이다.

포괄적인 인간이 되려고 노력하는 자, 생을 위해 투쟁과 지원을 서슴지 않는 자, 어떤 형태의 헌신이나 희생을 원하는 자, 자신의 위대함을 제국을 통해 구현하고자 하는 자, 또한 이 제국 안에서 자기 자신을 감지하는 자, 딱 잘라 말해 어떤 존엄을 구현하고자 노력하는 사람이 바로 민족주의자다.

그런데 그가 멋진 연기를 하기 위해서는 관객이 필요하다. 만약 그의 이

웃이 그의 연기를 사실로 받아들인다면 그는 성공한 것이다. 그러나 그것은 하나의 인간형일 뿐, 아무리 고귀할지라도 끝내 사라지고 만다. 왜냐하면 인간의 위대함은 하나의 예술 속에, 학문 속에, 장서 속에 간직되기 때문이다.

- 사색노트

현재보다 미래를 위해 희생한다

인간 때문에 마음이 상했고, 군중 때문에 마음이 상했다. 그리고 주여, 당신 때문에 적잖이 마음이 상했습니다! 언제나 타인에 불과한 우리, 은하계에 살고 있는 자유로운 우리……. 이에 비하면 일생을 답답하게 법률에 얽매여야 하는 저들의 운명은 얼마나 우스꽝스러운가!

인간들. 그들은 현재의 자신을 위해 희생하고 있는 것이 아니라 미래에 가능하게 될지도 모를 자신의 인생을 위해 오늘을 희생하고 있다.

– 사색노트

땀방울이 다이아몬드를 빛나게 한다

마음만 먹으면 나는 하나의 문명을 그대에게 창조해줄 수 있다. 문명이란 무엇인가? 하나의 열정, 작업장에서 맛볼 수 있는 즐거움, 일터에서 돌아오는 노동자들의 해맑은 웃음, 인생에 대한 강렬한 음미, 그리고 언제든 벌어질 수 있는 기적에 대한 열렬한 갈구와 시구(詩句)로 가득 차 있다. 나는 그 시에 우주 별들의 울림을 들려주겠지만, 그대는 거기서 다이아몬드를 파내려고 괭이질을 하는 일 이외의 일은 하지 않아도 될 것이다. 그 다이아몬드들은 바로 이 지구의 내장 속에서 조용하게 허물을 벗는 광명이 될 것이다. 왜냐하면 그것들은 태양에서 와서 처음엔 고사리가 되고 그 다음엔 어슴푸레한 밤이 되고, 마침내 이제는 빛이 되었다. 이제 나는 그대에게 말한다. 내가 그대에게 다이아몬드를 캐내라고 지시한다면 1년 중 다이아몬드를 캐는 하루를 위해 축제에 그대를 초대해 감동적인 생활을 보장해줄 수 있다. 이 중요한 축제는 다이아몬드의 봉헌으로 이루어지며, 그 다이아몬드는 땀흘려 일하는 백성들 앞에서 빛을 발할 것이며, 끝내는 빛으로 환원된다. 그대 내면은 조금도 망설이지 않고 정복된 물질을 이용하며, 그대의 영혼은 그 물질이 아니라 그 물질이 지닌 의미를 양식으로 섭취하며 살고 있는 것이다.

그리고 나는 이 다이아몬드를 그대의 호사스런 욕구를 충족시켜주기 위해 불태우는 것이 아니라 어느 공주의 자태를 빛나게 해주는 데 사용할 것이다. 혹은 어느 신전의 비밀상자에 은밀히 넣어둠으로써 눈의 즐거움을 위해 더욱 강한 빛을 내뿜게 할 것이다. 정신의 위대함은 벽을

꿰뚫고 양분을 섭취할 수 있다. 하지만 그것을 그대에게 준다면 나는 그대를 위해 그 어떤 근본적인 행위도 할 수 없다.

이제 나는 그대로부터 아무것도 빼앗지 않고 그대를 풍요롭게 해줄 수 있다. 만약 그대가 물질에서 그 의미를 찾아내겠다고 손을 내민다면 그대는 젖꼭지를 잘못 찾는 것이다. 내가 그대에게 매일 밤 다른 곳에서 캐낸 다이아몬드를 나눠주는 왕국을 만들어준다면, 그것은 다이아몬드가 아니라 조약돌을 더 얻게 하는 것과 똑같기 때문이다.

1년 내내 바위와 싸우면서 고생하고, 거기서 빛을 끌어내기 위해 단 한 번 노동의 결실을 얻는 사람은 아무런 노력도 없이 매일 밤 다른 곳에서 온 수확을 받는 사람들보다 훨씬 더 부유하다.

- 성채

우리는 이미 승리자가 되어 있다.

우 리 는
이 미
승 리 자 다

우리는 내일, 밤 속으로 들어갈 것이다. 이 밤이 새기까지 우리의 조국이 건재하기를……. 내 조국의 안녕을 위해 나는 무엇을 해야 하는가. 어떻게 하면 간단명료한 해답을 구할 수 있는가!

여러 가지 필수사항이 서로 모순을 빚어내고 있다. 민족이 없으면 정신적 유산을 상속받기 힘들다. 정신적 유산의 계승은 소중하다. 민족을 구해내는 일 역시 중요하다. 민족이 없으면 정신적 유산도 잃게 되니까.

논리만 앞세우는 이론가는 이 두 가지의 구제를 조화롭게 하는 언어를 찾아내지 못하고 정신과 육체 중에 한쪽을 희생시키려 든다. 그러나 나

는 이론가의 시시한 논리에 신경 쓰지 않는다. 나는 정신과 육체 중 어느 쪽도 내 조국 프랑스가 건재하기만을 바랄 뿐이다. 내 조국의 안녕을 위해서라면 나는 끊임없이 온갖 애정을 기울여 그 방향으로 나아갈 것이다.

나는 구제에 대해서는 추호의 의심도 품을 수 없다. 나는 맹인에 대한 불빛의 비유를 한층 더 명확히 이해한다. 맹인이 불빛을 향해 나아간다면 그는 이미 불빛을 동경하고 있으며, 불빛이 맹인을 인도하기 시작한 것이다.

조각가가 손끝으로 진흙을 뭉칠 때 그의 창작품은 이미 손안에 들어가 있다. 전시조종사인 우리 역시 예외는 아니다. 우리를 묶고 있는 관계에 대해 또다시 뜨거운 열정을 맛보게 된다. 그러면 우리는 이미 승리자가 되어 있는 것이다.

– 전시조종사

신비의 세계에서 돌아온 듯이

리비에르는 조종사에 대해 생각했다.

'나는 그를 공포심에서 구해준다. 내가 비난하는 것은 그가 아니라, 그를 통해 미지(未知) 앞에서 사람들을 마비시키는 저항성이다. 만일 내가 그의 말을 들어주고 그를 동정한다면, 그의 모험을 진지하게 받아들인다면 그는 자신이 신비의 세계에서 돌아온 듯이 생각하게 되는데, 사람

이 두려워하는 것은 이 신비뿐이다. 사람들이 그 어두운 우물 속으로 내려갔다가 다시 올라와 아무것도 만나지 못했다고 말하게 해야 한다. 그 사람은 밤의 가장 내밀한 곳에서, 겹겹이 싸인 어둠 속에서 손이나 날개만 겨우 허용하는 그 작은 광부의 램프조차 없이 미지의 세계를 어깨넓이로 파헤쳐봐야 할 것이다.'

— 야간비행

가장 소중한 건 눈에 보이지 않는다

10

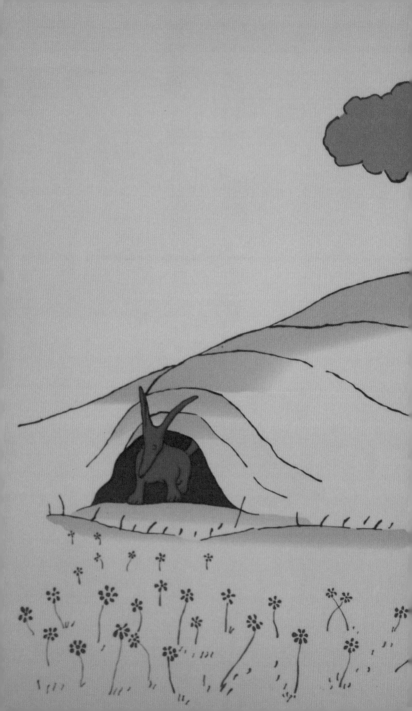

마음으로 보아라

여우가 말했다.

"내 비밀은 아주 단순해. 오직 마음으로 보아야 잘 보인다는 거야. 가장 소중한 건 눈에 보이지 않는단다."

어린왕자는 그 말을 잊지 않기 위해 되뇌었다.

"가장 소중한 건 눈에 보이지 않는다……."

"너의 장미꽃을 그토록 소중하게 만든 건 그 꽃을 위해 네가 소비한 시간이야."

"……내가 나의 장미꽃을 위해 소비한 시간……."

"사람들은 그 진리를 잊어버렸어."

여우가 말했다.

"하지만 넌 그걸 잊으면 안 돼. 넌 너의 장미에 대해 책임이 있어."

"나의 장미에 대해 책임이 있다……."

– 어린왕자

모
순
된
삶

내가 한 일이 잘한 것인지 아닌지 모르겠다.

나는 인생이나 정의나 슬픔의 척도를 정확히 모른다.

또한 나는 한 사람의 기쁨이 지니는 값어치를 정확히 모른다.

떨리는 손이나 연민이나 부드러움의 값어치를 모른다…….

삶이란 이토록 모순된 것이다.

우리는 제한된 시간 동안 삶과 어울리며 있는 힘을 다해,

요령 있게 모든 일을 처리해나간다.

그러나 지속한다는 것, 무엇을 창조한다는 것,

자신의 덧없는 육체를 무엇과 바꾼다는 것은……!

– 야간비행

빛의 신기루

우리는 다시 출발한다. 더위가 심해지고 신기루가 나타난다. 이것은 아직 시작에 불과하다.

얼마쯤 지나자 커다란 호수가 보이더니, 우리가 앞으로 나아가자 사라져버린다. 모래골짜기를 넘어선 우리는 지평선을 바라보기 위해 눈에 보이는 가장 높은 모래언덕을 기어오르기로 마음먹는다.

벌써 일곱 시간째, 못해도 35킬로미터는 걸었을 것이다. 그 시커먼 모래 꼭대기에 이르러 우리는 말없이 주저앉는다. 발 아래에서 모래골짜

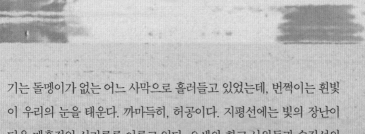

기는 돌멩이가 없는 어느 사막으로 흘러들고 있었는데, 번쩍이는 흰빛
이 우리의 눈을 태운다. 까마득히, 허공이다. 지평선에는 빛의 장난이
더욱 매혹적인 신기루를 이루고 있다. 요새와 회교 사원들과 수직선의
기하학적인 뭉치들……. 또 풀과 나무를 가장해 나타나는 거창한 검은
얼룩도 보았지만, 그것은 낮이면 흩어지고 밤이면 다시 생겨나는 이 구
름떼의 끝자락에 의해 위쪽으로 불쑥 솟아 있었다. 그것은 어느 뭉게구
름의 그림자에 지나지 않는다.

- 인간의 대지

좋은 씨앗과 나쁜 씨앗

씨앗에는 좋은 풀들의 좋은 씨앗과 나쁜 풀들의 나쁜 씨앗이 있다. 하지만 씨앗들은 눈에 보이지 않는다. 그것들은 땅 속에 은밀히 잠들어 있다가 그 중 하나가 갑자기 잠에서 깨어나고 싶은 충동에 사로잡힌다. 그러면 기지개를 켜고, 귀엽고 조그마한 싹을 태양을 향해 쏙 내민다. 그것이 무나 장미의 싹이면 가만히 내버려둬도 된다. 하지만 나쁜 식물이라면 눈에 띄는 즉시 뽑아버려야 한다.

어린왕자의 별에는 무서운 씨앗들이 있었다. 바로 바오밥나무의 씨앗이었다. 그 별의 땅은 바오밥나무 씨앗 투성이었다. 바오밥나무는 너무 늦게 손을 대면 영영 없애버릴 수 없다. 별을 온통 엉망으로 만들어버린다. 뿌리로 별에 구멍을 뚫는 것이다. 작은 별에 바오밥나무가 너무 많으면 별이 산산조각 나고 마는 것이다.

– 어린왕자

마드리드가 배처럼 떠나가기를

새로운 영상이 다른 영상을 지운다. 마드리드는 굴뚝, 포탑(砲塔), 창문 하나 달랑 매달고 성난 바다에 떠 있는 배 한 척과 흡사하다. 어두운 밤 물결 위에 뿌옇게 떠 있다.

마드리드는 인간보다 더 악착같은 도시다. 도시는 망명자들을 태우고 있다. 그래서 그들을 인생의 한 기슭으로 실어가고 있다.

마드리드는 한 세대를 싣고 간다. 천천히, 수세기를 통과하며 계속 항해한다. 남자와 여자, 아이들이 마드리드를 다락방에서부터 선창까지 가득 메우고 있다. 그들은 고통과 공포에 떨면서 배 안에 갇혀 있다. 그리고 누군가 그들을 태운 배를 어뢰로 공격한다.

이제 사람들은 마드리드가 배처럼 떠나가기를 갈망하고 있다.

　　　　　　　　　　　－ 마드리드

또 하나의 약속

이제 곧 그 비행기는 부에노스아이레스 상공을 지나갈 것이다. 투쟁을 다시 시작하는 리비에르는 그 비행기 소리가 듣고 싶었다. 별을 향해 진군하는 어느 군대의 큼지막한 발걸음소리처럼 그 소리가 생겨나 으르렁거리다가 사라지는 것을 듣고 싶었다.

리비에르는 팔짱을 낀 채 사무원들 사이를 지나쳤다. 그리고 창가에서 발걸음을 멈추고 귀를 기울이며 생각했다.

만일 그가 단 한 번의 출발이라도 중지시켰다면 야간비행의 명분은 상실되었을 것이다. 그러나 내일 리비에르를 비난할 마음 약한 사람들을 앞질러 그는 이 밤 속으로 또 다른 탑승자들을 떠나보낸 것이다. 승리니 패배니 하는 말은 아무런 의미도 없었다. 생명은 그런 이미지들 밑에 있으며, 벌써 새로운 이미지들을 준비하고 있다.

어떤 승리는 어떤 국민을 약하게 만들고, 어떤 패배는 어떤 국민을 각성시킨다. 리비에르가 맛본 패배는 참된 승리로 가까이 접근시키는 또 하나의 약속인지도 모른다. 앞으로 나아가는 일만 중요한 것이다.

- 야간비행

세대를 연결해주는 탯줄

우리가 올바른 방향으로 나아갈 때, 우리가 진흙에서 각성하면서 애초에 선택했던 방향으로 걸어나갈 때 우리는 행복해진다.

인생에 의미를 부여하는 것은 죽음에도 동등한 의미를 부여한다. 촌락의 묘지 그늘에서 죽음은 매우 다정스럽다. 늙은 농부는 자신의 소유권이 끝나갈 무렵 아들들에게 염소와 올리브나무를 넘겨줄 것이다. 그 아들들이 자기 차례가 되면 손자들에게 그것을 물려주게 하기 위해. 그래서 그 혈통상에서 보면 농부는 절반밖에 죽지 않는다. 생명체마다 자기 차례가 되면 콩깍지처럼 소리를 내며 터지고 그 씨앗을 터뜨린다.

언젠가 나는 어머니의 임종을 지켜보고 있는 세 농부를 만난 적이 있다. 그 광경은 너무나 고통스러웠다. 그러나 얼마 후 그들의 탯줄이 잘렸다. 하나의 매듭이 풀린 셈이다. 그 탯줄은 한 세대를 또 다른 세대와 연결해주고 있었다.

세 아들은 모든 것을 알아차리면서 자신의 외로움을 절실히 느꼈다. 좋은 날이면 옹기종기 모이던 가족 식탁이 없어지고, 다함께 따스함을 나누던 난로가 사라졌음을 깨달았다.

방관자였던 나는 이 결별 속에서 두 번째로 주어진 생명을 발견했다. 그 아들들이 이번에는 행렬의 선두에 섰다. 앞마당에서 놀고 있는 슬하의 자식들에게 이번에는 그들이 자기 차례가 되어 명령을 내릴 시간까지 그곳이 집합장소가 되어 그들의 가장이 될 것이다.

– 평화인가, 전쟁인가

사람의 나이

사람의 나이는 그의 전 생애를 요약한다. 원숙함은 세월을 따라 천천히 완성되어간다. 수많은 장애를 극복하고, 많은 중병을 치르고 나서, 수많은 근심걱정을 겪고 나서, 수없이 많은 좌절과 실망을 극복하고 나서, 수많은 고비를 넘고 나서 이루어지는 것이다. 그것은 그토록 많은 희망과 욕망과 후회와 망각과 사랑을 거쳐 완성된다.

사람의 나이는 경험과 추억의 훌륭한 축적을 상징한다. 함정과 혼란과 틀에 박힌 행위임에도 불구하고 사람들은 덮개 없는 트럭처럼 계속 전진해야 했다. 그러나 줄기차게 거듭된 행운 덕분에 오늘에 이르렀다. 그리고 신이 원한다면 그의 덮개 없는 트럭은 쌓여 있는 추억을 더 멀리까지 싣고 갈 것이다.

– 어느 인질에게 보내는 편지

30년, 아니 사흘 후에

모래 위에서 나는 한 가지 몽상에 잠기게 되었는데, 사람은 어떤 상황에서도 적응할 수 있을 것 같다는 느낌이 들었다. 30년쯤 후에 죽게 될 것이라는 생각은 한 인간의 기대를 망가뜨리지 않는 모양이다. 30년, 사흘…… 이것은 원근법상의 문제가 아닐까?

그런데 어떤 영상들을 잊어야 한다…….

– 인간의 대지

램프의 손짓

이제 그는 밤의 한복판에서 야경꾼처럼, 밤이 인간에게 보여주는 것들을 발견한다. 저 손짓, 저 불빛, 저 불안, 어둠 속에 깃들어 있는 저 순박한 별…… 그건 외딴집이다. 별이 하나 꺼진다. 그건 사랑으로 문을 닫는 집이다. 혹은 근심으로 문을 닫는 집인지도 모른다. 그것은 남은 세상에 신호 보내기를 멈추는 집이다. 램프 앞에서 식탁에 팔을 괴고 있는

저 농부들은 자신이 무엇을 희망하는지를 알지 못한다. 그들은 또 자신의 욕망이 이 커다란 어둠 속에서 이렇게 멀리까지 미친다는 사실을 알지 못한다.

그러나 파비앵은 1,000킬로미터 밖에서부터 숨쉬는 비행기를 거대한 파도가 맨 밑바닥에서 들었다 놓았다 할 때, 전쟁 중인 나라처럼 요란한 뇌우 속을 뚫고 달빛이 새어나오는 곳을 가로지를 때, 그리고 정복자가 된 기분으로 그 불빛에 하나하나 다가갈 때 그들의 욕망을 발견한다. 저들은 자신들의 램프가 초라한 식탁을 비춘다고 믿고 있지만, 그들에게서 80킬로미터 떨어진 곳에서도 마치 절해의 무인고도에서 바다를 향해 절망적으로 램프를 흔들듯이 우리는 벌써 이 램프의 손짓에 감동이 되는 것이다.

－ 야간비행

서로 대립하는 것들

그는 개인적인 사소한 슬픔의 문제가 아니라 일 자체에 대한 문제로 한계에 이르러 있었다. 리비에르가 직면해 있는 것은 파비앵의 부인이 아니라 삶의 또 다른 의미였다. 리비에르는 그 작은 목소리, 그렇게도 슬픈, 그러나 적개심이 깃든 노래를 들어주고 동정하는 수밖에 없었다. 왜냐하면 일도, 개인의 행복도 분배가 허용되지 않기 때문이다. 그것들은 서로 대립하는 것이다. 파비앵의 부인 역시 어느 절대적인 세계와 그 의무, 그리고 그 권리의 이름으로 말하고 있는 것이다. 저녁 식탁의 불 밝힌 램프의 이름으로, 자기 육체를 요구하는 한 육체의 이름으로, 희망과 애정과 추억의 고향 이름으로 말하고 있는 것이다.

– 야간비행

그들의 착각

그대가 기르는 개에게 현실은 뼈다귀다. 그대가 가진 저울의 현실은 주철의 무게다. 그러나 그대에게 현실은 다른 성격을 지니고 있다. 그래서 나는 재산가들은 대수롭지 않으며, 오히려 무용가들이 합리적이라고 주장할 수 있다.

그렇다고 내가 재산가들의 업적을 경멸하는 것은 아니다. 그들의 거만함과 금권에 대한 확신과 자만심을 경계할 뿐이다.

그들은 단지 하인에 불과하며 무용가들을 섬기고 그들에게 봉사하는 처지임에도 자신이 지상의 목표와 모든 존재의 핵심이라고 착각하고 있다.

– 성채

지금 이 순간

미래를 건설한다는 것은 곧 오늘을 이룩하는 것이다. 즉 오늘을 위한 소망을 창조해내는 것이다. 내일을 향한 오늘의 소망, 그것이 꼭 내일을 위해서만 의미를 갖는 것은 아니다. 그대 몸의 기관이 현재에서 떨어져 나가면 그대는 죽어버리는 것이 아닌가.

인생이란 현재에 적응하는 것이며, 현재 속의 실존은 언어로 파악할 수 없는 수많은 유대 위에 버티고 서 있는 것이다. 한 가지 균형은 또 다른 균형으로 수없이 형성되고 있다. 혈관들 중에 단 한 개만 잘라도 곧 죽어버리는 코끼리처럼, 아무리 거대한 생명체도 그대가 추상적인 증명을 계속하면서 그 중 단 한 가지만 잘라낸다면 균형을 잃고 말 것이다. 그런 경우 그대가 아무것도 바꾸지 않기를 원한다 해도 전혀 문제되지 않는다. 그대는 모든 것을 바꿀 수 있기 때문이다. 거친 황야를 삼나무 숲으로 만들 수도 있다. 문제는 그대가 삼나무를 세우는 것이 아니라 씨앗을 뿌려야 한다는 것이다. 그리하여 매순간마다 그 자체나, 혹은 씨앗을 움트게 할 요인이 현재 속에 균형을 유지하고 있는 것이다.

– 성채

인간이 되려면

그대의 운명을 그토록 강렬하게 지배하며, 그대가 육체적 위험을 무릅쓰고 기꺼이 모험에 나설 만큼 가치가 있는 영상은 무엇인가? 그대의 육체와 그대의 유일한 부는 어떤 것인가?

인간이 되려면 살아남아야 한다. 사람들은 서서히 우정과 애정의 그물을 짠다. 그리고 천천히 학습한다. 천천히 자기 작품을 구상한다. 그래서 누군가가 생각보다 일찍 죽으면 사람들은 그의 식량을 횡령할 것이다. 무언가를 실현하려면 어떻게든 살아남아야 하니까……

– 마드리드

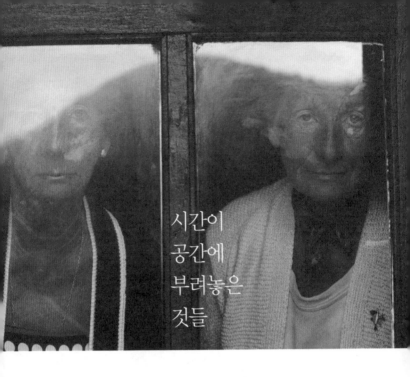

시간이
공간에
부려놓은
것들

그녀는 저쪽에서 새벽이 커다란 재난을 하얗게 비추고 있다고 생각했
다. 차갑게 흐트러진 시트며 가구 위에 내던져진 수건, 넘어진 의
자……. 그녀는 황급히 이 물건들의 봉변을 수습해야 한다. 얼른 안락
의자를 끌어다가 제자리에 놓고 저 꽃병을, 저 책들을 제자리에 놓아야
한다. 인생을 둘러싼 사물들의 본래 모습을 갖춰주기 위해 그녀는 공연
히 헛기운을 빼야 하는 것이다.

인내심을 가지고 오랫동안 공들여온 이 거실, 어떤 가구상이 거저 갖다
놓은 것이 아니라 시간이 그 공간에 부려놓은 물건들. 그것들은 거실이
아니라 그녀의 인생을 꾸민 것이다. 그러나 그녀의 모든 과거는 이내 파
멸하고 만다…….

– 남방우편기

부유해지는 방법

장난삼아 지어낸 허황한 구조에서 만들어낸 기쁨은 보잘것없고 하찮은 것이다. 그대가 이 다이아몬드를 사랑한다면 감동적인 인생을 살아가기 위해 잰걸음으로 다이아몬드를 향해 치달아가고, 그것만으로 충분하다고 여기기 때문이다. 그러나 다이아몬드를 향한 당신의 발걸음은 당신 스스로를 유폐시키고, 보다 빨리 나아가는 것을 금지시키는 의식이 되어버렸다. 그리고 당신이 온힘을 다해 그것을 밀어붙이고, 결국 만나게 되는 것은 나의 제동력이다.

나의 제동기는 그대가 속력을 내지 못하도록 방해하지만, 다이아몬드로 접근하는 것까지 차단하진 않는다. 단지 가치 없는 구경거리로 바꿔놓음으로써 그대에게 그 의미가 사라지게 할 뿐이다.

그대에게서 손쉽게 이끌어낼 것은 없다. 난해한 속임수를 쓰더라도 힘들 것은 없다. 어려운 것이 있다면, 단지 인생에 대한 풍자이다. 그러나 그대는 강력한 구조와 여러 가지 훌륭한 자질을 지니고 있기 때문에 부자다.

그리고 내가 앞으로도 그대를 일으켜 세워줄 수 있다는 사실을 안다는 것은 당신에게 분명한 적이다. 왜냐하면 전쟁을 하기 위해서는 들판이 있어야 하기 때문이다.

그대가 부유해지는 방법은 우물을 파는 것과, 휴식의 날에 가까워지는 것이며, 사랑을 얻게 되는 것이다.

- 성채

기다림의 밤

아마 30분은 더 걸릴 것이다. 리비에르는 특급열차가 선로 위에 정지해 1분 1분이 평원의 한 조각도 끌어다주지 않을 때 느끼는 안타까움을 알고 있었다.

지금 괘종시계의 큰바늘이 죽은 공간을 가리키고 있다. 저 두 바늘의 컴퍼스가 벌린 간격 속에서 얼마나 많은 사건이 벌어졌을까.

리비에르는 기다림을 잊으려고 밖으로 나왔다. 밤은 마치 배우 없는 무대처럼 텅 비어 있었다.

'이런 밤을 헛되이 보내다니!'

그는 창 밖으로 환히 드러난 별이 총총한 하늘을, 그 멋진 항로 표시를 허송해버린 이 밤의 황금 같은 달을 원망스레 바라보았다.

– 야간비행

인간에게 숲은

인간에게는 왜 숲이 필요한가.

이 지구상에 인간 외에 아무것도 존재하지 않는다면 인간은 정말 지쳐버릴 것이다. 이미 오래 전부터 인간은 야수와 접촉하지 않는다. 실감나는 사냥의 즐거움을 잃어버린 것이다. 또한 부분적으로 자연과의 접촉도 잃어버렸다. 왜냐하면 그는 도시 문명 속에 갇혀 살고 있으므로.

지금 그는 유성(流星)을 채소밭으로 바꾸고 있다.

– 사색노트

빵 한 조각

밀밭 위로 스쳐지나가는 한 줄기 바람은 마치 바다 위의 바람처럼 보인다. 그런데 다 영근 밀 이삭 위를 스쳐가는 바람이 더욱 풍성해 보이는 것은, 바람이 우리의 조상이 물려준 유산을 일일이 펴가면서 조사해나가기 때문이다. 곧 있을 수확을 굳게 약속해주는 것이다. 이 바람은 사랑하는 아내에겐 애무가 되고, 머리카락을 매만져주는 푸근한 남편의 손길이 된다.

그리고 내일이면 이 밀이 또 다른 사물로 변할 것이다. 밀은 육체만 살찌우는 양식이 아니다. 인간을 먹인다는 것은 절대 짐승을 살찌우는 것과 똑같을 수 없다. 빵은 숱한 역할을 수행한다!

우리는 빵 한 조각이 인간의 공동체를 이루는 훌륭한 도구라는 사실을 배워서 알고 있다. 빵은 이마의 땀방울로 얻어지기에 빵 한 조각에서 노동의 위대함을 실감한다. 그리고 곤궁할 때 힘들여 얻었기에 이 빵 한 조각이 이웃에게 사랑을 전하는 훌륭한 매개체임을 배웠다. 그리고 알게 되었다, 한 조각씩 나눠주는 빵을 얻어 입에 넣었을 때의 맛은 그 무엇과도 비교할 수 없다는 것을!

― 전시조종사

우리가 상상하는 전쟁

우리는 인간이 벌이는 전쟁이 어뢰와 이페리트(mustard gas, 독가스의 일종)로 중무장한 이후 파국으로 치닫고 있음을 알고 있다. 그런데 우리는 전쟁을 상상하는 것보다 재난을 묘사하는 데 훨씬 덜 민감하다.

우리는 매주 영화관에 앉아 지구 어느 곳에서 벌어지는 폭격을 감상한다. 우리는 우리 자신이 동요되지 않고 도심에 가해지는 총성을 들을 수 있다. 우리는 흙무더기가 하늘로 치솟고, 불타고 남은 재와 그을음이 하늘을 뒤덮는 광경에 감탄해마지 않는다.

그러나…… 그것은 다락방에 애써 간직해두었던 곡식이다. 그것은 식구들의 전 재산이고, 세대를 통해 전해 내려온 유산이다. 그것은 저 검은 뭉게 구름을 피우며 연기로 사라져버리는 불탄 아이들의 살점이다!

– 평화인가, 전쟁인가

263

서로에게 길들여지고 함께 나눈다는 것

11

단 하나뿐인 존재

어린왕자가 물었다.

"'길들인다'는 게 뭐지?"

여우가 대답했다.

"그건 너무 잘 잊혀지고 있는 거지. 그건 '관계를 만든다'는 뜻이야."

"관계를 만든다고?"

"그래."

여우가 말했다.

"넌 아직 나에게 수많은 다른 소년과 마찬가지로 한 소년에 지나지 않아. 그래서 난 널 필요로 하지 않고. 나 역시 수많은 다른 여우와 똑같은 한 마리 여우에 지나지 않지. 하지만 네가 날 길들인다면 난 네게 이 세상에 단 하나뿐인 존재가 될 거야……."

– 어린왕자

함정이 된 공원

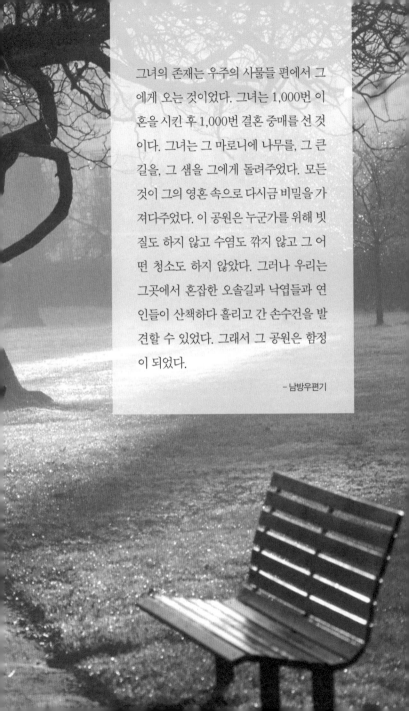

그녀의 존재는 우주의 사물들 편에서 그
에게 오는 것이었다. 그녀는 1,000번 이
혼을 시킨 후 1,000번 결혼 중매를 선 것
이다. 그녀는 그 마로니에 나무를, 그 큰
길을, 그 샘을 그에게 돌려주었다. 모든
것이 그의 영혼 속으로 다시금 비밀을 가
져다주었다. 이 공원은 누군가를 위해 빗
질도 하지 않고 수염도 깎지 않고 그 어
떤 청소도 하지 않았다. 그러나 우리는
그곳에서 혼잡한 오솔길과 낙엽들과 연
인들이 산책하다 흘리고 간 손수건을 발
견할 수 있었다. 그래서 그 공원은 함정
이 되었다.

– 남방우편기

소녀와 바보

두 요정은 어떻게 되었을까? 아마도 결혼을 했을 것이다. 그렇다면 달라졌을까? 소녀에서 여인으로 바뀐다는 것은 매우 중대한 변화이다. 새집에서 그녀들은 뭘 하고 있을까? 그 우거진 잡초와 뱀들은 어떻게 되었을까?

소녀들은 우주의 그 무엇과 연관되어 있었다. 그러나 소녀 속에서 여인이 눈뜰 날이 온다. 어느 날 한 바보가 나타난다. 그렇게도 날카롭던 소녀의 눈이 착각에 빠져 바보를 바라본다. 이때 바보가 시라도 한 구절 읊조리면 그를 시인이라고 판단한다. 바보가 구멍 뚫린 마룻바닥을 이해한다고 생각하고 망구스를 좋아하는 줄 안다. 그래서 손질이 잘된 공원만 좋아하는 바보에게 자연 그대로의 꽃밭인 그녀의 마음을 준다. 그러면 바보는 공주를 노예로 데려가고 만다.

- 인간의 대지

271

선의 승리

말이란 선악을 뒤섞어놓은 모순을 되풀이해도 하나의 언어로 일관된다. 그래서 나쁜 조각가들은 훌륭한 조각가를 탄생시키는 밑거름이 되고, 폭정은 인간의 영혼을 더욱 굳세게 재련하는 굶주림이 되어 빵의 분배를 유도한다. 굶주림은 빵보다 더 튼튼한 것이기 때문이다.

그리고 지하실에 갇혀 빛을 빼앗긴 채 고문당하고 머지않아 찾아올 죽음과 가까워진 사람들이 있다. 자기보다는 다른 사람을 위해 희생하고, 자유와 정의에 대한 사랑 때문에 위험과 빈곤을 받아들인 사람들…… 그들은 항상 눈부신 매력을 내뿜고 있다. 그 매력은 고문을 받으면서도 눈부시게 타오른다. 그래서 정적들은 그들을 함부로 죽음으로 꺾어놓지 못한다. 다이아몬드를 감추고 있는 모암(母岩)이 경련하지 않으면 그 다이아몬드가 무슨 가치가 있겠는가? 적이 없으면 무기는 또 어디에 쓸 것이며, 사랑의 부재(不在)란 것이 없다면 귀환이 무슨 의미가 있겠는가?

선의 승리, 그것은 여물통 앞으로 모인 얌전한 가축들의 승리다. 그래서 나는 주둔군이나 포식자들을 절대 믿지 않는다.

- 성채

전쟁은 우리를 농락한다

우리는 막연하게나마 인간은 같은 영상을 통해서만 타인과 교감할 수 있음을 느낀다. 조종사들은 같은 우편기를 놓고 다툴지라도 서로 교류한다. 나치주의자들은 같은 히틀러에게 헌신할지라도 서로 충돌한다. 등반대원들도 같은 정상을 목표로 등정하며 서로 만난다. 사람들은 똑바로 접근하지 않으면 서로 합류할 수 없다. 그러나 그들도 같은 신의 품안에서는 서로 화해할 수 있다.

지금 우리는 폐허가 된 세계에서 동료를 구하려고 몸부림치고 있다.

우리는 동료들과 나눠먹는 빵의 맛으로 전쟁의 가치를 인정한다. 하지만 우리는 같은 목적을 향해 경주하는 이웃사람의 어깨에 와닿는 온기를 느끼기 위해 전쟁을 벌이는 것은 아니다. 전쟁은 늘 우리를 농락한다. 증오는 열광적인 경주에 아무것도 추가하지 않는다.

– 평화인가, 전쟁인가

보편성을 이끌어내는 언어

인간과 그 욕망을 이해하려면, 당신들의 진리를 서로 대응시켜서는 안
된다.

당신들은 옳다. 당신들 모두 옳다. 논리는 모든 것을 증명한다. 세계의
불행을 꼽추에게 전가시키는 자에게도 일리는 있다. 만약 우리가 꼽추
에게 선전포고를 한다면, 우리는 이내 흥분할 것이다. 우리는 꼽추들을
응징할 것이다. 물론 꼽추들 역시 죄악을 범할 것이다.

본질적인 것을 끌어내려면, 잠시 이들의 차이를 잊어야 한다. 차이란 한
번 인정받으면 온통 『코란』 한 권만큼의 절대적인 진리와, 거기서 쏟아

지는 광신까지 끌어오게 된다. 인간은 좌익과 우익, 꼽추와 꼽추가 아닌 사람, 파시스트와 민족주의자로 나뉘고, 이런 구별은 비난의 여지가 없어진다.

그런데 진리란 어떤가? 그것은 세계를 단순화하는 것이지 혼잡을 유발하는 것이 아니다. 진리는 보편성을 이끌어내는 언어다. 뉴턴은 퍼즐 풀기처럼 오래 숨어 있던 법칙을 '발견'한 것이 아니라 창조적인 실험을 감행한 것이다. 그는 풀밭에 사과가 떨어지는 것이나 태양이 솟아오름을 동시에 나타낼 수 있는 인간의 언어를 창조한 것이다. 이처럼 진리란 증명되는 것이 아니라 단순화하는 것이다.

이데올로기 투쟁이 무슨 소용인가? 모든 것이 증명된다면 모든 것 또한 대립되며, 이러한 논쟁은 인간의 구원을 절망시키고 만다. 그렇게 되면 인간은 사회 도처에서 똑같은 요구를 드러낼 것이다.

우리는 모두 해방되기를 갈구한다. 괭이질을 하는 사람은 자신이 하는 괭이질의 의미를 알고 싶어한다. 그런데 사형수를 능욕하려는 처형자의 괭이질은 탐험가의 괭이질과는 전혀 다른 것이다.

– 인간의 대지

정직한 사람들

나는 그 이상하게 '정직한 사람'들을 똑바로 응시한다. 사실상 나를 괴롭히는 것은 아무것도 없다. 나는 이 얼굴들이 굳어지고 벽처럼 윤기가 나는 것이 두렵지 않다. 막연한 권태의 모습으로 윤기가 나는 이 무서운 표정을 말이다. 무척 이상한 우리의 사명에도 불구하고 우리를 그들에게 용의자처럼 보이지 않게 하는 방법이 무엇인지를 나는 생각해보았다. 그들은 목숨을 겨루고 있는 맞은편 카페의 파시스트들과 우리에서 서로 다른 점을 발견했는지도 모른다. 이상한 생각이 불쑥불쑥 솟아오른다. 그러나 내 본능은 단호하게 나에게 명령한다. 이 사람들 중에 누구라도 하품을 하면 나는 두려워질 것이다. 그러면 나는 인간적인 교감(交感)이 끊기는 것을 느끼게 될 것이다.

– 정열의 스페인

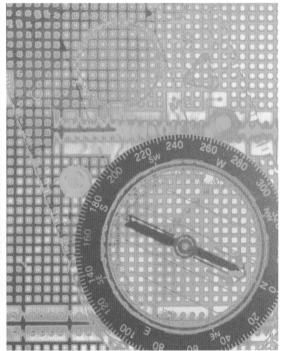

그쪽에서는 들리지만

단파란 이런 것이다. 그쪽에서는 청
취되지만 여기서는 들리지 않는다.
그러다가 아무런 이유도 없이 모든
것이 변한다. 위치를 알 수 없는 탑승자들은 시공을 초월하여 살아 있는
사람들에게 자기 존재를 알리고 있으며, 어느새 무전국의 흰 종이 위에
는 유령이 된 글자들이 쓰여지고 있다.

– 야간비행

우리는 그대의 사랑을 약탈했다

우리는 그대를 괴롭힐 수 있는지, 그대가 숨이 막힐 만큼 두 팔로 포옹할 수 있는지 알고 싶었다. 왜냐하면 우리는 그대 안에서 인간적인 모습을 깨닫고, 그것을 밝은 곳으로 이끌어내고 싶었기 때문이다. 우리가 눈앞에 끌어내고 싶었던 것은 애정과 비탄이었다.

베르니스가 포옹하자 그대는 얼굴을 붉혔다. 그러자 베르니스는 더욱더 세게 포옹했고, 그대의 눈은 눈물로 빛났다. 그러나 그대 입술은 울고 있는 노파들의 입술처럼 흉측하진 않았다. 베르니스는 내게 말했다, 이 눈물은 갑자기 북받치는 마음에서 생긴 것이라 금강석보다 귀중하며, 이 눈물을 마시는 사람은 영원히 죽지 않을 거라고.

그는 또 선녀가 물 속에 살고 있듯이 그대가 그대의 육체 속에 살고 있으며, 그대의 내면을 밖으로 표출시키는 여러 가지 요술 중에서 가장 확실한 방법이 그대를 울리는 것이라고 내게 말하곤 했다. 바로 이런 식으로 우리는 그대의 사랑을 약탈했다. 그러나 우리가 그대를 놓아주면 그대는 웃어버렸고, 그 웃음소리는 우리를 적잖이 당황하게 만들었다.

이처럼 느슨하게 붙잡고 있는 새는 언제든 달아나게 마련이다.

- 남방우편기

사막, 그것이 곧 나다

어제 나는 희망도 없이 걸었다. 그리고 오늘은 이런 말조차 무의미해져버렸다. 오늘은 우리가 걷는다는 이유만으로 걷고 있다. 아마도 쟁기로 밭을 가는 소들도 이럴 것이다. 어제 나는 오렌지나무의 낙원을 꿈꾸었다. 그러나 오늘은 낙원이 없다. 오렌지가 있다는 사실조차 믿어지지 않는다.

마음이 잔뜩 메말랐다는 것말고는 아무것도 실감할 수 없다. 쓰러지기 직전이지만, 절망조차 모르겠다. 괴로움도 실감할 수 없다. 실로 유감이지만 어쩌겠는가. 나에게는 괴로움도 물처럼 다정스러운데. 사람은 누구나 자기 연민이 있고, 그래서 친구처럼 스스로를 동정한다. 그러나 나는 이제 이 세상에 친구가 없다.

사람들은 두 눈이 바싹 타버린 나를 발견했을 때, 내가 소리쳐 부르느라 목이 쉬고 고통스러웠을 거라고 상상할 것이다. 그러나 나는 달리고, 후회하고, 거의 발작적으로 신경질을 부리고…… 물론 이런 것들은 크나큰 재산이다. 그러나 내게는 이미 이런 재산이 바닥났다. 순결한 소녀들은 첫사랑의 괴로움을 알기에 눈물짓는다. 이 괴로움은 생명의 떨림과 그 끈이 닿아 있다. 그러나 나에게는 이제 그런 것이 없다…….

사막, 그것이 곧 나다. 이젠 침도 고이지 않지만, 또한 내가 그것을 향해 괴로워했을 달콤한 영상들을 그려낼 수가 없다. 태양이 내 눈물샘까지 말려버렸기에.

그럼에도 나는 무엇을 보았는가. 한 줄기 희망의 숨결이 바다 위의 돌풍처럼 내 머리 위를 스치고 지나갔다. 의식이 닫히기 직전에 가까스로 내 본능에 신호를 보낸 것은 무엇일까?

그렇다! 아무것도 달라지지 않았지만 모든 것이 바뀌었다. 이 모래의 식탁보며, 이 언덕, 그리고 가벼운 녹색 나무판이 풍경이 아니라 어떤 장면을 연출하고 있다. 아직은 텅 비어 있지만, 모든 것이 준비되어 있는 장면.

나는 내 친구 프레보를 바라본다. 그 역시 나처럼 놀라 어리둥절해하고 있지만 자기가 느끼고 있는 것이 무엇인지 확실히 알지 못한다. 정말 무언가 일어나려 하는 것이 틀림없다……. 사막이 생기를 띠어가는 것이 분명하다. 이 부재(不在), 이 고요는 정말 느닷없는 광장의 소란보다도 더 감동적이다……!

– 인간의 대지

목적지는 똑같다

인간의 존엄성, 그것이 중요한 잣대가 된다. 나치주의자가 자신과 똑같은 사람들만 존중한다면, 자기말고는 아무도 존중하지 않는 셈이다. 그것은 창조적인 반대를 거부하고, 모든 희망의 싹을 자르며 인간 대신 개미집의 수도꼭지를 1,000년을 가라고 만들어주는 셈이다. 단지 질서를 위한 질서는 세계와 자기 자신을 변화시킬 수 있는 근본적인 힘을 강탈하는 것이다. 인생은 질서를 창조한다. 그러나 질서는 인생을 창조하지 못한다.

우리의 상승은 아직 성취되지 않았다. 어제의 오류에서 오늘과 내일의 마음의 양식을 삼고, 극복해야 할 반대세력을 성장의 부식토로 삼아야 할 것이다. 우리는 우리와 다른 사람들조차 한 형제로 생각해야 한다. 그런데 이 얼마나 이상한 친척관계인가! 친척관계란 미래에 근거를 두지 않고 과거에 뿌리를 두는 것이다. 그것은 시초에 근거를 두지 않고 목적지에 근거를 둔다. 우리는 서로 다른 길을 따라 똑같은 약속장소로 가는 순례자이다.

– 어느 인질에게 보내는 편지

정원사의 죽음

그대는 물질이 아니라 물질의 의미인 꿀을 상실했다. 그래서 나날을 살아가는 데 초조해하며 길을 찾지 못한다.

나는 돌보지 못할 정원을 남겨놓고 죽은 정원사를 알고 있다. 그는 '누가 내 나무를 잘라주고 꽃씨를 뿌려줄 것인가?'라고 한탄했다.

정원사는 정원을 위해 더 많은 나날을 살아 있어야 했다. 그의 저장소에는 골라놓은 꽃씨가 남아 있었고, 헛간에는 땅을 파는 연장이 있었고, 나무둥치에는 전지용 칼이 매달려 있었다. 그러나 그것들은 이미 흩어져버린 물건이었다. 의식에는 아무런 소용이 없는 것이다.

— 성채

시
가

그대를

불
태
우
도
록

그대가 조각가라면 얼굴의 의
미가 그대에게 되돌아갈 것이
고, 사제라면 신의 의미가 되
돌아갈 것이며, 그대가 보초
라면 왕국의 의미가 그대에게
되돌아갈 것이다. 그대가 연인이라면 사랑의 의미가 그대에게 되돌아
갈 것이다. 그대가 자신에게 충실하고, 그대 집이 초라할지라도 집 안을
말끔히 청소한다면 그대 마음에 양식을 줄 수 있는 것이 그대에게 되돌
아갈 것이다. 그대는 그 방문시간을 전혀 알지 못하지만, 그것이 세상을
충족시킬 수 있는 유일한 시간임을 잊지 말아야 한다.
그래서 나는 시(詩)가 기적처럼 그대를 불태울 수 있도록, 음울한 학습
시간과 왕국이 그대의 마음을 사로잡을 수 있도록 왕국의 전례와 관습
으로 그대를 가르칠 것이다.
— 성채

돈으로 사지 못하는 것들

인생이란 이런 것이다. 처음에 우리는 풍요로웠고, 몇 년 동안 나무를 심었지만 시간이 지날수록 나무를 베어내게 된다. 동료들도 하나둘 우리 곁을 떠나고, 그후로는 늙음에 대한 남모르는 회한이 길게 우리의 슬픔 속에 섞여든다.

이것이 메르모즈와 사람들이 우리에게 가르쳐준 교훈이다. 직업의 위대함은 무엇보다 먼저 인간을 결합시키는 데 있다. 참된 사치는 인간관계의 사치밖에 없다.

우리는 물질적인 이익만 좇아 일하면서 우리 자신의 감옥을 쌓아올리고 있다. 인생의 보람과 상관도 없는 잿빛 화폐와 함께 우리 스스로를 고독 속에 감금한다.

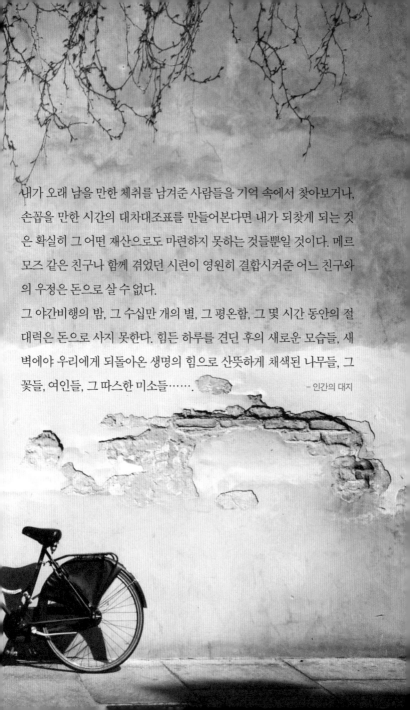

내가 오래 남을 만한 체취를 남겨준 사람들을 기억 속에서 찾아보거나, 손꼽을 만한 시간의 대차대조표를 만들어본다면 내가 되찾게 되는 것은 확실히 그 어떤 재산으로도 마련하지 못하는 것들뿐일 것이다. 메르모즈 같은 친구나 함께 겪었던 시련이 영원히 결합시켜준 어느 친구와의 우정은 돈으로 살 수 없다.

그 야간비행의 밤, 그 수십만 개의 별, 그 평온함, 그 몇 시간 동안의 절대력은 돈으로 사지 못한다. 힘든 하루를 견딘 후의 새로운 모습들, 새벽에야 우리에게 되돌아온 생명의 힘으로 산뜻하게 채색된 나무들, 그 꽃들, 여인들, 그 따스한 미소들…….

– 인간의 대지

내가 살던 곳은

꽃은 태어나자마자 까다로운 허영심으로 그를 괴롭혔다.
어느 날 꽃은 자기가 가진 네 개의 가시에 대해
이야기하면서 이렇게 말했다.
"호랑이들이 발톱을 세우고 와도 좋아요!"
어린왕자가 대꾸했다.
"내 별에 호랑이는 없어요. 그리고 호랑이들은 풀을 먹지도 않고요."
꽃이 살며시 대답했다.
"저는 풀이 아녜요."
"용서해줘요……."
"난 호랑이는 조금도 무섭지 않지만
바람은 질색이에요.

바람막이는 가지고 있으세요?"

어린왕자가 마음속으로 생각했다.

'바람은 질색이라…… 식물로서는 안된 일이군.

이 꽃은 몹시 까다로운 식물이군…….'

"저녁에는 나에게 유리덮개를 씌워주세요. 당신이 살고 있는 이곳은

매우 춥군요. 설비도 좋지 않고요. 내가 살던 곳은…….."

그러나 그 꽃은 씨앗 형태로 왔기에 다른 세상을 알 리가 없었다.

그처럼 빤한 거짓말을 하려다 들켜버려 부끄러워진 꽃은

자신의 잘못을 감추기 위해 두어 번 기침을 했다.

"바람막이이 있느냐고 물어봤잖아요!"

– 어린왕자

길 우리는 구불구불한 길을 따라 걸어왔다. 길은 불모지와 바위
와 사막을 피해왔고, 인간의 필요에 의해 샘에서 샘으로 이어
졌다. 길은 시골사람들을 그들의 광에서 밀밭으로 이끌었고, 외양간 문
턱에서 잠자고 있는 가축들을 받아 새벽녘에 밭으로 보낸다.

길은 마을과 마을을 결합시킨다. 왜냐하면 이 마을 사람과 저 마을 사람이 결혼을 하니까.

그리고 길 중에 하나가 사막을 가로지르는 모험을 하더라도, 오아시스를 즐기기 위해서는 결국 수십 번 우회해야 한다.

– 인간의 대지

여자의 허영심

허영심 많은 여자는 자기가 세상 밖으로 드러나게 되는 교역을 회피하려 한다. 오직 사랑을 통해 포로의 대상을 추구하려 한다. 이런 사랑은 결국 아무런 의미가 없다. 이런 여자는 사랑을 자신의 어디에다 꽁꽁 숨겨두는 선물쯤으로 여긴다.

당신이 그녀를 사랑한다면 그녀는 당신을 얻은 셈이 된다. 그러면 그녀는 자신이 풍요로워졌다고 믿으면서 자신 속에다 당신을 가두어둔다. 그런데 사랑은 손아귀에 넣고자 하는 보석이 아니라 이쪽과 상대방이 서로 지켜야 하는 의무이다. 그리고 상호 교환된 결과로 남는 것이다. 즉 교차로의 모습인 것이다.

그녀는 절대 세상에 얼굴을 드러내지 못하게 될 것이다. 당신도 연관된 바닥에서 태어난 것이므로. 결국 그녀는 움을 틔우지 못한 씨앗이 될 것이며, 힘을 쓸 수 없이 영혼과 마음이 메마른 상태로 남아 있을 뿐이다. 그 결과 그녀는 포로에 대한 허영 속에서 음침하게 늙어갈 것이다.

－성채

자기만 내세운다

논쟁은 이미 멀어진 관계를 더욱 멀어지게 할 뿐이다. 왜냐하면 대립하는 양자는 서로 자신의 고상함만 맹신하기 때문이다. 개념상의 체계가 다양하다는 것은 지극히 명백한 사실이지만, 누구도 그것을 염두에 두지 않는다.

가끔씩 허름한 주점에서 카드놀이를 하는 사람들의 이야기를 듣게 된다. 이때 그들이 다루는 것은 손에 들고 있는 카드가 아니라 온갖 감정이 뒤섞여 소용돌이치는 그들의 언어다. 즉 분노와 흥분과 양심이 뒤섞인 이야기를 교환하는 것이다.

– 사색노트

생텍쥐페리 작품집

Antoine-Marie-Roger de Saint-Exupéry

『남방우편기』

1929년에 출간된 생텍쥐페리의 첫 소설. 1926년 라테코에르 항공사에 입사한 생텍쥐페리는 툴루즈–카사블랑카의 정기우편비행 업무를 맡게 되었다. 이어 여러 항공로를 개척하는 한편 1927년에는 아프리카의 사하라 사막에서 비행 업무를 수행했는데, 그러한 체험을 생생하게 되살려 작품화한 것이다. 이 소설은 세계와 미지의 아름다움을 탐구하려는 주인공 자크 베르니스의 내면적 모색을, 친구의 회상을 통해 묘사하고 있다. 어린 시절의 순수함과 첫사랑을 동경하는 심리를 섬세하게 그려낸 이 소설로 생텍쥐페리는 프랑스 문단에서 촉망받는 신인작가가 된다.

『야간비행』

1929년 아르헨티나 우편항공회사에 근무하면서 쓴 소설로, 1931년에 발표해 페미나 문학상을 수상했다. 악천후를 무릅쓰고 야간비행에 나선 조종사 파비앵이 대자연과의 투쟁 끝에 순직하는 모습을 그리는 한편 그들의 우편기가 무사히 도착하기를 바라는 리비에르의 심경 변화를 형상화하고 있다. 이 소설은 행동을 통한 인간 존재의 의의를 추구하는 행동주의 문학의 대표작으로 앙드레 지드를 비롯한 많은 작가들로부터 찬사를 받았다.

『인간의 대지』

1939년에 출간되어 아카데미 프랑세즈 소설 대상을 수상했고 생텍쥐페리의 목숨을 내건 체험과, 깊은 명상과 시적 정감이 조화를 이루는 작품이다. 같은 해 미국에서 '바람과 모래와 별들'이라는 제목으로 출간되어 베스트셀러가 되었으며, 생텍쥐페리의 작품들 중에서 가장 널리 알려진 대표작이다. 은유적인 표현과 서정적 문체가 돋보이는 이 작품은 직업비행사로서 직접 겪은 체험과 회상들을 담담하게 그려가고 있다. 또한 인간의 진리를 탐구하고 인간 상호간의 연대감, 책임감, 자기희생 등에 대한 깊은 성찰을 담고 있다. 자전적 요소가 짙으면서도 인간의 존엄성을 짓밟는 현대 사회를 날카롭게 비판하고, 개인주의보다는 집단적 책임의식의 중요성을 강조하고 있다.

『어린왕자』

프랑스가 패전한 뒤 미국으로 건너가 1943년 뉴욕에서 처음 발표된 동화로, 생텍쥐페리 자신의 이야기이자 인간에 대한 통찰이 돋보이는 작품이다. 자신이 직접 삽화를 그렸으며 나치 치하에서 고통받고 있는 유대인 친구 레옹 베르트에게 이 작품을 바쳤다. 생텍쥐페리는 '어린왕자'라는 맑고 깨끗한 어린아이의 눈을 빌려 삶의 진실과 인간에게 가장 소중한 것이 무엇인지를 잔잔하게 일깨워준다.

『전시조종사』

1942년에 출간되어 최고의 격찬을 받았지만 나치에 점령당한 프랑스에서는 판매금지 조치를 당한 작품으로, 뉴욕에서 '아라스 비행'이라는 제목으로 영문판이 출간되어 6개월 동안 베스트셀러 1위를 차지했다. 생텍쥐페리는 이 작품에서 개인보다 보편적 '인간'의 우위성을 강조하여 '인간'의 부활을 추구하는데, 그 밑거름은 희생이라고 말한다. 아무리 긴박한 상황에서도 묵묵히 자기 임무를 다하는 대원들을 통해 개인의 한계를 극복하는 과정을 세밀하게 묘사하고 있다.

『사색노트』

1936년부터 1944년까지 생텍쥐페리가 순간순간 떠오르는 생각들을 적은 것으로 정치와 도덕, 경제, 세계의 구조, 지성과 언어 등에 관해 광범위하게 다루고 있다. 이 글에서 생텍쥐페리는 행동에 의한 가치뿐만 아니라 신과 인간의 문제, 희생과 책임의 문제 등을 깊이 있는 통찰력으로 다루고 있다.

『성채』

1940년부터 집필하기 시작했지만 생텍쥐페리가 하늘로 사라진 지 4년 후에야 세상의 빛을 보게 된 미완성작이다. 작가 자신이 다시 읽어보고 정리한 부분도 있지만, 나머지는 작가가 쓴 순서대로 정리했기 때문에 오류가 많고 분명치 않은 곳도 있다. 이 작품에서 생텍쥐페리는 이상적인 성채의 건설을 이야기하는데, 그것은 곧 직업과 가족과 공동체의 협력을 통해 위대한 사회를 건설하고 자신의 마음속에 마음의 성채를 건설해야 하며, 지도자는 백성을 올바른 방향으로 이끌어가고 백성에게 활기와 열정을 불어넣어줘야 한다는 것이다.

빛에 대한 갈망은 그를 상승하게 만들었다

12

기러기가 되려 하는 집오리

이동할 때가 되어 기러기떼가 지나갈 때, 그 무리는 자기들이 굽어보는 지역 위에 이상한 파장을 일으킨다. 그러면 지상의 집오리들이 그 거대한 철새의 삼각편대에 이끌려 서투른 비약을 시작한다. 어떤 자극이 야성의 부름이 무엇인지도 모르는 집오리들의 내면을 일깨운 것이다.

농장의 집오리들이 잠시 철새로 바뀌었다. 늪과 벌레와 오리집 같은 하

찮은 영상들이 감긴 그 작고 무딘 머릿속에 대륙의 드넓음과 대양에 부는 바람의 맛과 해양의 전경이 펼쳐진다. 자신의 머리가 이렇듯 놀라운 것들을 기억할 정도로 대단하다는 것은 몰라도, 이제 날개를 치고 날알이며 벌레들을 깔보며 기러기가 되려 하는 것이다.

– 인간의 대지

제 영혼에 빛을 뿌려주신다면

고독의 기도.

주여, 저를 가엾이 여기소서. 지금 이 순간 고독이 저를 괴롭히고 있나이다.

제가 기다리는 것은 아무것도 없습니다. 지금 여기 제가 머무는 방 안에 말을 거는 사람은 아무도 없습니다. 그러나 군중 속에 묻혀 있을 때보다 더욱 고립된 자신을 발견하면서, 제가 지금 누군가 나타나주기를 갈구하는 것이 아닙니다.

그런데 저와 비슷한 처지에 있는 한 여인은 저와 비슷한 방 안에 홀로 앉아 있지만, 그녀는 사랑하는 이들이 집을 비우면 오히려 즐겁습니다. 그녀는 그들의 소리를 듣지도, 얼굴을 볼 수도 없지만 자신의 집에 사람이 살고 있다는 사실을 알기에 그것만으로 충분합니다.

주여, 저는 누구를 보거나 그의 목소리를 듣기 위해 어떤 이를 요구하지는 않습니다. 당신의 기적들은 감각을 위한 것이 아닙니다. 그러나 주님께서 저의 집 위에서 제 영혼에 빛을 뿌려주시면 저는 그것으로 고독이란 병에서 벗어날 수 있겠습니다.

– 성채

행복하고
슬픈 날

방금 전 내가 쓴 문장이 나를 너무 우울하게 만들어서 당신에게 전화를 하러 갔소. 물론 당신은 받지 않았지. 어디서 책상 정리라도 하고 있었던 거요?

리네트, 항공비행이 얼마나 멋진지 당신은 알고 있소? 하지만 여기서의 비행이 쉽지만은 않소. 내가 비행을 좋아하는 것도 바로 그 때문이오. 이곳에서의 비행은 부르제 공항에서와 같은 스포츠가 아니라 설명할 수 없는 그 무엇, 일종의 전쟁이오.

비 오는 날 새벽의 우편기 출항은 참 흥미롭소. 반수상태의 야간 팀이 에스파냐 쪽에서 일어난 폭풍우 때문에 깨어나게 되고, 피레네 산맥 위로는 짙은 안개가 끼게 되지요. 그리고 출발 후 비행사가 다른 문제를 해결하는 동안, 사람들은 제각기 다른 일로 흩어지게 되지요.

리네트, 난 가능하면 자주 출항하고 싶었소. 그리고 당신에게 전화를 하고 싶었소. 사실 난 말을 잘 할 줄 모르오. 그래도 태연하게 '여보세요,

여보세요……' 라고 말할 거요.

말재주가 없는 것은 서글픈 일이오. 사실 난 멋진 넥타이를 매고 축음기판을 모으는 놈팡이가 되고 싶었소. 좀더 젊은 나이에 그래야 했거늘, 지금 난 너무 늦어버렸소.

지금이라도 사람들이 날 좋아하고, 잘생긴 남자로 봐주고, 내 손톱을 보고 감탄해주었으면 좋겠소. 하지만 현실은 그렇지 않소. 기름투성이인 내 양손을 아름답다고 생각하는 건 나뿐이오.

나의 독백이 당신을 지겹게 만드는 것 같소. 난 행복하기도 하고 슬프기도 하오. 확실히 논리적으로 설명할 수 없는 기분이오. 친구들과 멀리 떨어져 몹시 고독한 상태에 빠져 있어서 내가 마치 증조부같이 늙었다는 느낌을 갖게 되는군요.

부디 나에게 답장해주시오.

– 젊은 날의 편지

간절히 소망하면

이 세상에는 죽는 날까지 진
주를 찾아내지 못하는 잠수
부도 있다. 또 자신이 선택한
잠자리에서 고통만 맛보는
사람도 있다. 그러나 그 잠수
부들의 불운은 바다의 명예
를 드높이는 데 이바지한다.
바다의 명예란 그 속에서 아
무것도 발견하지 못한 사람
들이나 그 밖의 모든 백성에
게 공평하게 이바지하고 있
다. 또 잠자리가 불행한 사람
들이 겪는 비참함은 사랑의
불빛에 기여하는데, 이 불빛
은 모든 사람을 위해, 불행한
사람들에게까지도 가치가
있는 것이다.

따라서 소망과 후회, 사랑을 향한 우주는 사랑이 전혀 어울리지 않는 가
축의 평화보다 훨씬 더 가치 있다. 마찬가지로 사막에서 갈증과 고통 속
에서 괴로움을 겪고 있는 당신도 샘을 망각하기보다는 오히려 하나의
영상으로 언제까지나 소망하는 자세로 견뎌주기를 바란다. 당신이 터

득하게 되는 신비는 바로 그런 곳에 존재하므로.

이와 같이 당신은 자신이 종사하고 있는 일, 그것을 위해 투쟁하든 그것에 맞서 싸우든 바로 그 신비에다 기초를 튼튼히 세워두어야 한다.

- 성채

내게로 오라

오, 학자들이여. 그대들은 연구실에서 별들의 운행을 분석했지만 이제는 그 별들을 모르고 있다. 그 별들은 그대들의 책 속에서 하나의 기호가 되겠지만, 그 빛은 모르고 있다. 어린아이만큼도 말이다.

그대들은 인간의 사랑을 다스리는 법칙까지도 발견했다. 그러나 그 사랑 자체는 그대들의 표시에서 빠져나간다. 그래서 사랑에 대해서는 저 철부지 소녀들보다도 아둔하다.

자, 내게로 오라. 나는 이 따뜻한 빛을, 이 사랑의 빛을 그대들에게 돌려주련다. 나는 그대들을 노예로 만들지 않겠다. 나는 그대들을 구원하겠노라. 내가 낙과(落果)에서 처음으로 법칙을 발견하여 그대들을 노예상태로 만들어놓은 그로부터 그대를 해방시키겠노라. 나의 집이 유일한 구원처다. 내 집을 벗어나면 그대들은 어떻게 되겠는가?

내 집 밖에서 그대들은 어떻게 되겠는가. 번쩍거리는 선수재(船首材) 위로 바닷물이 지나가듯 심오한 시간의 흐름을 지닌 이 배 밖에서 그대들은 무엇이 되겠는가?

나는 세상의 죄악을 짊어졌노라. 나는 새끼 잃은 짐승의 슬픔과 같은 그대들의 슬픔을 짊어졌으며, 그대들의 불치의 병도 짊어짐으로써 그대들의 짐을 덜어주었노라. 그러나 오늘날의 내 백성들아, 더욱더 비참하고 더욱더 고치기 어렵구나. 하지만 나는 다른 때처럼 오늘날의 죄악도 짊어지겠노라. 나는 더욱더 무거운 정신의 쇠사슬을 짊어지겠노라……

– 남방우편기

폭풍우의 틈새로

아직도 그는 투쟁을 통해 자신의 운을
시험해볼 수 있을 것이다. 외부에서
오는 불운은 없으니까. 그러나 내면에
서 오는 불운은 있다. 약점이 있는 자
신을 발견하는 순간 불운이 찾아들고,
그렇게 되면 여러 허물이 현기증처럼
엄습한다.

그런데 바로 그 순간, 폭풍우의 찢긴
틈새로 마치 덫의 밑바닥으로 잡아끄
는 어떤 죽음의 미끼처럼 몇 개의 별
이 그의 머리 위에서 반짝였다.

그는 그것이 함정이라고 판단했다. 틈
새 속의 별을 발견하고 그것을 향해
올라가면 다시는 내려올 수 없게 되어
그 자리에서 별을 물어뜯으며 머물게
되는 것이다…….

그러나 빛에 대한 갈망은 그를 상승하
게 만들었다.

— 야간비행

그대를 위해서

섬의 신기루에 대해 그대의 눈을 뜨게 해주고 싶다.

나는 그대가 나무들과 초원, 그리고 가축떼의 자유 속에서, 공허가 커다란 고독한 흥분 속에서, 거침없는 사랑의 열정 속에서 한 그루 나무처럼 곧게 뻗어 올라가리라 믿는다. 그런데 지금껏 내가 보아온 나무들 중에 곧게 뻗어 올라간 것들은 자유롭게 성장한 것이 아니었다. 왜냐하면 키를 키우는 과정에서 성급하지도 않았고, 빈둥거리고 뒤틀리면서 하늘로 향했기 때문이다. 이와 달리 자기 몫의 햇볕을 빼앗기고 적의 모진 공격까지 받은 처녀림의 나무들은 긴급한 신의 소명에 의해 하늘을 향해 꼿꼿하게 허리를 세운다. 왜냐하면 그런 나무는 자신의 섬에서 자유와 흥분을 죽지 않고 살아도 찾아내지 못할 것이기 때문이다.

그리고 내가 오랫동안 사막 깊숙이 들어앉게 된다면, 나는 그대를 위해서라도 사막에 생기를 불어넣고 싶다. 그곳에 계속 머물러 있게 하고 싶고, 그대의 열정으로 사막을 기름지게 할 유일한 방법도 알고 있다. 그것은 그곳에 지력선의 구조를 설치하는 것이다.

그리고 그대에게 그곳으로 찾아가게 하기보다는 그대의 발길이 닿는 곳에만 하나씩 존재하도록 우물을 설치할 계획이다. 어차피 일곱째 날에 가서는 가죽부대에 들어 있는 물을 아껴야 하니까. 그리고 그 모든 힘은 우물 쪽으로 집중되어야 한다. 사막은 그 어떤 희생을 감수할 만큼 가치가 있는 것이기 때문이다. 단 하나의 우물도 찾아내지 못한 채 모래 속에 묻힌 대상(隊商)들이 그 영광을 증명한다.

보라, 지금도 대상들의 해골이 널려 있는 사막이 태양 아래서 번쩍이고 있다.

- 성채

침묵이 깨지고

물론 나는 귀환하기를 원했다. 또 내가 원한 것처럼 그 순간 우리 주변에서 사건이 벌어질 것 같다는 사실도 알고 있었다. 그대는 금고형을 선고받았지만, 감옥은 아직 입을 벌리지 않고 말이 없다. 그대는 이 감옥의 침묵에 매달리는 것이다.

한순간 한순간이 방금 전에 스쳐지나간 것처럼 초조하다. 지금 막 째깍하면서 넘어간 1초가 세상을 변화시켜놓으리란 절대적인 이유도 없다. 조금 전에 스쳐지나간 1초는 이 일을 처리해내기엔 너무 벅차다. 1초 1초 쌓여가는 매초가 차례차례 침묵을 풀어준다. 침묵은 이미 영원처럼 느껴진다…….

그러나 언젠가는 나타나리라 생각했던 그 자의 발걸음소리가 들린다.

이 풍경 속에서 무언가가 지금 막 깨졌다. 그건 마치 꺼진 것처럼 보이던 장작불이 갑자기 탁 튀면서 수많은 불똥을 흩뜨려놓은 것과도 같았다. 이 무슨 신비로운 조화로 한순간에 온 들판이 반응을 보이는가? 봄이 오면 나무들은 씨앗을 떨어뜨린다. 어째서 느닷없이 이 무기들의 봄이 왔단 말인가? 어째서 이 빛의 홍수가 우리를 향해 치솟아오며 온 천지를 뒤덮는가?

– 전시조종사

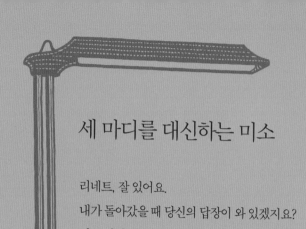

세 마디를 대신하는 미소

리네트, 잘 있어요.

내가 돌아갔을 때 당신의 답장이 와 있겠지요?

나는 다시 에스파냐의 일상을 구경하면서 산책을 즐기겠소.

오늘처럼 따뜻한 날에는 모든 이들이 남모르는 비밀을 간직하게 되지요. 이건 어디서나 마찬가지예요. 왜냐하면 사람들은 서로 바라보며 미소를 짓기 때문이지요. 그런데 미소는 에스파냐 말 세 마디를 대신할 수 있더군요. 그래서 나는 말을 걸었어요.

만일 내가 오늘 저녁에도 당신께 편지가 쓰고 싶어진다면, 내게는 편지지가 준비되어 있을 것입니다.

– 젊은 날의 편지

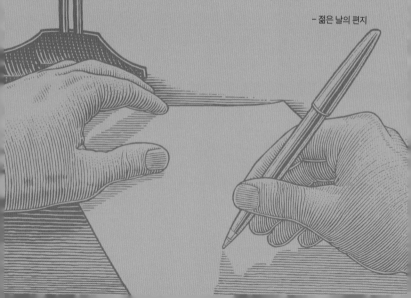

내가 그를 친구로 만들었기 때문에

그는 이제 이 세상에 단 하나뿐인 존재야

13

눈물의 나라

어떤 별, 어느 떠돌이별 위에 나의 별, 이 지구상 어느 곳에 내가 위로해 줘야 할 어린왕자가 있었다. 나는 두 팔로 그를 껴안았다. 그리고 그를 부드럽게 흔들면서 말했다.

"네가 사랑하는 꽃은 위험에 처해 있지 않아. 너의 양에게 멍에를 그려 줄게…… 난…….."

더 이상 뭐라고 말해야 좋을지 알 수 없었다. 나 자신이 무척 서툴게만 느껴졌다. 어떻게 그를 위로하고 그의 마음을 붙잡을 수 있을지 알 수 없었다……. 눈물의 나라는 그처럼 신비로운 것이다.

- 어린왕자

전쟁은 모험이 아니다

일찍이 나는 여러 번의 비행 모험을 경험한 바 있다. 우편 비행, 항로 개척, 사하라 사막에서의 불시착, 남아메리카 항로 등등. 그러나 전쟁은 절대 모험이 아니다. 그것은 진짜 모험의 대용품에 지나지 않는다.

모험이란 그것이 만들어주는 연관성, 제시해주는 문제성, 또 그것이 파생하는 사상 같은 것이 풍부하다는 점 외에는 아무것도 아니다. 동전 하나를 던져 앞쪽이냐 뒤쪽이냐에 따라 죽음과 생존을 거는 내기를 한다고 모험이 되는 것은 아니다. 따라서 전쟁은 절대 모험이 될 수 없다. 전쟁은 한낱 질병에 불과하다. 장티푸스와 같은 역병 말이다.

– 전시조종사

내 꽃이기 때문에

어린왕자가 장미꽃들에게 말했다.

"너흰 나의 장미와 조금도 닮지 않았어.

너희는 아직 아무것도 아니야.

아무도 너희를 길들이지 않았고,

너희는 아무도 길들이지 않았어.

너흰 예전의 내 여우와 같아.

수많은 다른 여우와 똑같은 여우일 뿐이었어.

하지만 내가 그를 친구로 만들었기 때문에

그는 이제 이 세상에 단 하나뿐인 여우야."

어린왕자의 말에 장미꽃들은 어쩔 줄 몰라했다.

"너희는 아름답지만 텅 비어 있어."

어린왕자가 계속 말했다.

"누구나 너희를 위해서 죽을 수는 없을 테니까.
물론 나의 꽃도 다른 행인들에겐 너희와 똑같아 보이겠지.
하지만 그 꽃 한 송이가 내겐 너희 모두보다도 소중해.
내가 그에게 물을 주었기 때문이지.
내가 바람막이로 보호해준 것이 그 꽃이기 때문이지.
내가 벌레를 잡아준 것도 그 꽃이기 때문이지.
또 내가 늘어놓는 불평이나 자랑을,
때론 침묵을 지키는 내게 귀기울여준 것도 그 꽃이기 때문이지.
바로 내 꽃이기 때문이지."

– 어린왕자

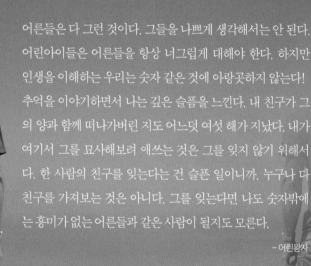

친
구
를 잊는다는 건

어른들은 다 그런 것이다. 그들을 나쁘게 생각해서는 안 된다.
어린아이들은 어른들을 항상 너그럽게 대해야 한다. 하지만
인생을 이해하는 우리는 숫자 같은 것에 아랑곳하지 않는다!
추억을 이야기하면서 나는 깊은 슬픔을 느낀다. 내 친구가 그
의 양과 함께 떠나가버린 지도 어느덧 여섯 해가 지났다. 내가
여기서 그를 묘사해보려 애쓰는 것은 그를 잊지 않기 위해서
다. 한 사람의 친구를 잊는다는 건 슬픈 일이니까. 누구나 다
친구를 가져보는 것은 아니다. 그를 잊는다면 나도 숫자밖에
는 흥미가 없는 어른들과 같은 사람이 될지도 모른다.

– 어린왕자

328

메마른 마음

하늘이 여전히 희뿌옇하다. 모래에서 한쪽 팔을 꺼내 손이 닿는 곳에 놓아둔 헝겊 하나를 더듬어보지만, 메마른 그대로다. 기다려보자. 이슬은 새벽에 고인다.

그런데 오늘따라 새벽은 헝겊을 적셔주지 않고 움터온다. 갑자기 생각이 복잡해진다. 내 안에서 익숙한 목소리가 속삭인다. "지금 이곳은 메마른 마음…… 메마른 마음…… 눈물 한 방울 떨굴 줄도 모르는 메마른 마음뿐……!"

출발하자! 나의 목구멍은 아직 막히지 않았다. 걸어야 한다!

– 인간의 대지

내일도 우리는

이제 우리는 아무 말도 하지 않을 것이다. 이제 우리는 이동할 것이다.
라코르데르 한 사람만이 자신에게 부여된 임무 수행을 위해 이륙할 첫
새벽을 고대할 것이다. 만약 그가 살아서 돌아올 수 있다면, 그는 곧장
우리가 지금 옮겨갈 새 기지로 찾아올 것이다.
내일도 우리는 침묵을 지킬 것이다. 방관자의 눈에는 우리가 패배자로
비춰질 것이다. 패배자들은 침묵을 지켜야 한다. 씨앗처럼 말이다.

– 전시조종사

자존심 강한 꽃

꽃에게 마지막 물을 주고
유리덮개를 씌워주려는 순간
어린왕자는 울고 싶었다.
그가 꽃에게 말했다.
"잘 있어."

그러나 꽃은 대답하지 않았다.
"잘 있어."
그가 되뇌었다.
"내가 어리석었어. 용서해줘.
부디 행복하길 바라."
이윽고 꽃이 말했다.
"그래, 난 널 좋아해. 넌 그걸 전혀
몰랐지. 내 잘못이었어. 그렇지만
너도 나와 마찬가지로 어리석어.
부디 행복하길 바라. 유리덮개는 내버려둬.
그런 건 이제 필요 없어."
"하지만 바람이 불면⋯⋯."
"서늘한 밤공기는 내게
유익할 거야. 나는 꽃이니까."
"그렇지만 짐승이⋯⋯."

"나비를 알고 싶다면 쐐기벌레 두세 마리쯤은 견뎌내야지.

나비는 무척 아름다운 모양이야.

그 친구가 아니면 누가 날 찾아주겠어?

넌 아마도 멀리 가 있겠지.

난 커다란 짐승도 두렵지 않아.

손톱이 있으니까."

그러면서 꽃은 천진난만하게

네 개의 가시를 보여주었다.

그리고 다시 말을 이었다.

"그렇게 우물쭈물하고 있지 마.

신경질 나.

떠나기로 했으니 어서 가."

꽃은 울고 있는 자기 모습을 어린왕자에게

보이고 싶지 않았다.

그토록 자존심이 강한 꽃이었다…….

– 어린왕자

내
가

가
장

사
랑
하
는

형
제

사막에 낙오된 우리를 구조해준 리비아 사막의 아랍인이여, 생명의 은
인임에도 불구하고 당신은 나의 기억에서 영원히 지워지고 말 것이다.
당신의 덥수룩한 얼굴도 떠오르지 않게 되리라.

당신은 '인간'이며, 그래서 나에게는 모든 사람과 함께 나타난다. 당신
이 우리를 눈여겨본 적도 없지만, 당신은 벌써 우리를 알아보았던 것이
다. 당신은 내가 가장 사랑하는 형제다. 그래서 이번에는 내가 모든 사

람들 속에서 당신을 알아볼 것이다.

당신은 숭고함과 친절함에 둘러싸여 있었기에, 내게는 마실 것을 제공해줄 놀라운 능력을 지닌 위대한 왕자였다. 모든 내 친구와 모든 내 적이 당신으로부터 내 쪽으로 걸어왔기에, 이제 나에게는 이 세상에 단 한 명의 적도 없게 되었다.

– 인간의 대지

내가 친구로 삼을 만한 사람

"저 점등인은 다른 모든 이들,

왕이나 허영심 많은 사람이나

술꾼 혹은 사업가 같은 사람들로부터 멸시를 받겠지.

하지만 전혀 우스꽝스럽지 않은 사람은 저 사람뿐이야.

왜냐하면 저 사람만이 자신이 아닌

다른 일에 몰두하고 있기 때문이지.

내가 친구로 삼을 만한 사람은 저 사람뿐이야.

하지만 그의 별은 너무 작아.

둘이 있을 공간이 없거든……."

– 어린왕자

우리는 이 평화를 얼마나 더 신뢰할 수 있을까?

14

저 별들 중에

칠흑같이 어두운 밤의 저편에서 별들은 속삭인다. 누군가가 사색에 잠기고, 독서를 하며, 고백하고 있다고.

별들은 저마다 신호등처럼 인간의 의식이 존재함을 표시하고 있다. 사람들은 그 인간의 의식 속에서 행복에 대하여, 정의에 대하여, 평화에 대하여 생각하리라.

저 별들의 무리 속에서 길 잃은 별은 아직 목자(牧者)의 별이다. 그곳에서는 누군가가 별들과 대화를 하리라. 아니, 어쩌면 안드로메다의 성운(星雲)을 헤아리느라 벌써 지쳐버렸을지도, 또 누군가와 사랑을 나누고 있을지도……. 그리고 저 불빛은 어느 궁벽한 산골에서도 빛나고 있을 것이고, 보잘것없는 사람들에게까지 양식을 요구하고 있을 것이다.

시인의 별도 있고, 교사의 별도 있고, 목수의 별도 있다. 그런데 저 살아 있는 별들 중에 양식을 구하지 못해서 얼마나 많은 창문이 닫혀 있고, 얼마나 많은 별이 빛을 발하지 못하고, 얼마나 많은 사람들이 잠들어 있고, 얼마나 많은 별이 암흑 속에서 헤매고 있을까?

– 평화인가, 전쟁인가

사막의 바람

맑은 하늘이 별들을 연못처럼 잠기게 하여 뚜렷이 보이게 했다. 그러고는 밤이 되었다. 달빛에 물든 사하라 사막은 아무리 가도 모래언덕만 펼쳐졌다. 우리의 머리 위에서는 사물의 모습이 보이지 않고 가녀린 불빛이 물체 하나하나를 부드러운 형체로 어루만지고 있었다. 발 밑에는 두꺼운 모래가 잔뜩 쌓여 있었다. 우리는 태양의 무게에서 벗어나 모자를 벗은 채 걷고 있었다. 사막의 밤과 우리의 거처는 평화로웠다…….

그러나 이 평화를 얼마나 더 신뢰할 수 있을까? 남쪽에서 끊임없이 무역풍이 불었고, 그 바람은 비단결 같은 소리를 내며 해변을 씻어주고 있었다. 그 곳의 바람은 수시로 방향을 바꾸거나 세기가 달라지는 유럽의 바람 같 지 않았다. 마치 질주하는 특급열차처럼 불어닥쳤다. 밤에는 이따금 바 람이 너무 거세어 우리는 막연하기 그지없는 목적지를 향해 바람을 거 스르며 올라가는 것 같은 느낌으로 북쪽으로 나아가고 있었다.
그 밤, 얼마나 성질 사나운 바람이었고 우린 얼마나 불안했던가!

– 남방우편기

평화란 무엇인가?

평화가 무엇인지 저 검은빛 도로를 보니 알 것 같다. 평화가 계속되는 동안은 모든 것이 내부에서 문을 걸고 스스로를 감춘다. 마을에는 저녁이 되어야 사람들이 돌아오고, 곳간에 곡식이 들어찬다. 옷장 안에는 잘 개켜진 속옷이 정리되게 마련이다.

평화로울 때는 무슨 물건이 어디에 있는지 낱낱이 안다. 또 어디에 가면 친구를 만날 수 있는지도 안다. 밤이 되면 어디로 가야 잠들 수 있는지도 훤히 아는 것이다.

오! 그러던 것이 캔버스가 허옇게 빛 바래고, 천지에 몸 하나 둘 곳이 없고, 사랑하는 사람을 찾을 길이 없고, 바다에 나간 남편이 몇 날 며칠이고 돌아오지 않을 때…… 이미 평화는 사라져버린 것이다.

평화란 무엇인가? 그것은 사람들이 사물의 뜻과 그 위치를 찾아냈을 때, 그 사물의 존재를 통해 인간에게 내비치는 얼굴 표정이다. 땅 속에 매장된 잡다한 광물들이 나무 밑둥치에서 서로 연결되듯, 사물이 그 자체보다 더 큰 물체의 구성요소로 존재할 때 나타나는 얼굴 표정, 그것이 바로 평화다.

그런데 지금 여기에는 그 평화가 깨어지고 전쟁이 닥쳐왔다.

– 전시조종사

오페라의 발레처럼

일곱 번째 별은 지구였다.

지구는 그저 그렇고 그런 보통 별이 아니었다! 그곳에
는 111명의 왕과 7,000명의 지리학자와 90만 명의
사업가, 750만 명의 술주정뱅이, 3억1,100만 명의 허
영심 가득한 사람들, 20억 명쯤 되는 어른이 살고 있
었다. 전기가 발명되기 전까지는 여섯 대륙을 통틀어
46만2,511명이나 되는 점등인이 필요했다는 이야기
를 들으면 지구가 얼마나 큰지 짐작할 수 있을 것이다.
그래서 멀찌감치 떨어진 곳에서 보면 저 눈부시게 멋
진 광경을 직접 볼 수 있다. 그들이 무리 지어 움직이
는 모습은 마치 오페라의 발레처럼 질서정연하다. 맨
처음은 뉴질랜드와 오스트레일리아의 점등인들이었
다. 그들은 등불을 밝히고 나서 잠을 자러 갔다. 그러
고 나면 중국과 시베리아의 점등인들이 발레 무대에
나타났다. 그들 역시 무대 뒤로 살짝 몸을 감추고 나면
러시아와 인도의 점등인들이 나타났다. 그 다음으론
아프리카와 유럽의 점등인들, 또 그 다음에는 남아메
리카의 점등인들, 또 그 다음에는 북아메리카의 점등
인들이 차례로 나타났다. 그러면서도 그들은 무대에
등장하는 순서를 단 한 번도 틀리지 않았다. 그것은 무
척 장엄한 광경이었다. 오직 북극에 단 하나뿐인 가로
등의 점등인과 그의 동료들만 한가롭고 태평스럽게
생활하고 있었다. 그들은 1년에 두 번 일을 했다.

– 어린왕자

347

구름바다 위로 솟구쳤을 때

갑자기 구름을 뚫고 솟구쳤을 때 보이는 고요하고, 단조롭고, 그렇게도 단순한 그 세계가 뜻밖의 가치를 내게 부여해주었다. 이 평온함이 순식간에 올가미로 바뀌는 것이다.

나는 거기, 내 발 밑으로 펼쳐져 있는 거대한 흰 올가미를 상상해보았다. 그 아래에는 누구나 생각할 수 있는 떠들썩함이나, 혼잡함이나, 수레가 도시 곳곳을 활기 넘치게 오가는 것이 아니라 보다 절대적인 침묵과 결정적인 평화가 군림하고 있는 것이다. 이 흰 끈끈이가 내게 현실과 비현실, 현실과 미지의 경계를 지어주었다. 그리고 나는 벌써 눈앞에 보이는 광경이 문화와 문명과 노동을 통하지 않고는 아무런 의미가 없다는 것을 깨닫게 된다.

물론 산악지대에 사는 주민들 역시 구름바다를 알고 있다. 그러나 그들은 이 우화적인 장막을 발견하지 못할 것이다.

– 인간의 대지

한순간에

마드리드에서 나는 어느 번화한 거리를 정신없이 쏘다녔다. 그 거리에는 움푹 꺼진 사람의 눈과 흡사한 창문들밖에 없었고, 하늘의 별들만 빛나고 있었다. 당장이라도 유령이 튀어나올 것 같은 6층 건물의 후면은 그 높이가 5~6미터로 축소되어 있었다. 꼭대기에서 밑바닥까지 깔린 그 거대한 떡갈나무 마룻바닥에서 여러 세대에 걸쳐 한 가정이 살았으리라. 어쩌면 그 집의 하녀는 폭격의 순간까지 저녁의 휴식과 사랑을 위해 하얀 시트를 갈고 있었는지도 모른다. 그리고 그 집의 어머니들은 병든 아이들의 뜨거운 이마를 쓰다듬고 있었고, 아버지는 내일을 설계하고, 누구나 영원을 믿고 있었으리라. 하지만 그토록 단단했던 반석은 한밤중에 균형을 잃고 단숨에 주저앉았다.

– 평화인가, 전쟁인가

도시로 돌아오다

우리는 무척 멀리서 왔다. 우리는 무거운 외투를 걸치고 세계를 누볐고, 방랑자인 우리의 영혼은 우리의 내면 속에서 밤새도록 깨어 있었다. 우리는 어금니를 악물고 손에 장갑을 낀 채 미지의 도시에 착륙했다.

우리는 카사블랑카나 다카르처럼 개화된 도시에서만 하얀 플라넬 바지와 테니스 셔츠를 입었다. 탕헤르에서는 모자를 벗고 걸었다. 잠들듯 평화로운 이 작은 도시에서는 무장할 필요가 없었다.

우리는 남자다운 근육을 과시하며 건강한 모습으로 돌아왔다. 우리는 투쟁하고 고통스러웠으며 끝없는 대지를 통과해왔다. 그리고 우리는 어떤 여성들을 사랑했고, 죽음을 앞에 두고 담판을 짓곤 했다. 이것은 다만 우리의 유년 시절을 지배하던 상벌과 휴가금지령에 대한 공포를 없애기 위함이고, 토요일 오후의 성적 발표에 대담해지기 위해서였다…….

– 남방우편기

기만적인 안전

파비앵은 30초마다 자이로스코프와 컴퍼스를 확보하기 위해 머리를
조종석 밑으로 들이밀었다. 한동안 그는 눈을 부시게 하는 그 미약한 붉
은 램프조차 감히 켤 생각을 못했다. 그러나 라듐 계기판은 여전히 별처
럼 창백한 빛을 쏟아내고 있었다. 바늘과 숫자들로 가득한 한복판에서
조종사는 기만적인 안전을 느끼고 있었다. 그것은 이미 파도가 집어삼

킨 배의 선실 안에서 느끼는 안정감과도 같았다. 밤이, 그리고 그 밤이 지니고 있는 모든 것…… 바위, 떠 있는 것들, 작은 산봉우리 같은 것들이 똑같이 놀라운 운명을 품고 비행기를 향해 흘러오고 있었다.

– 야간비행

355

'0시 40분. 궤도 230도. 기내 이상 없음.'

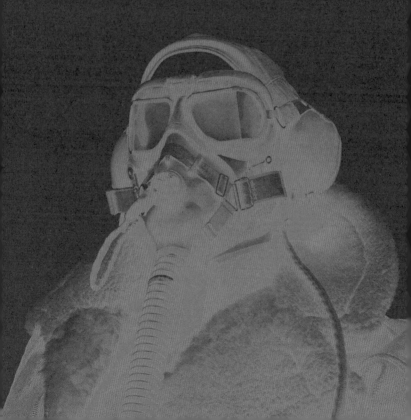

기쁨의 나날들

비행기에서 뛰어내리면서 여전히 내가 아주 젊다는 사실을 깨달았소.
나는 풀밭 위를 뒹굴고 싶었고, 유쾌하게 보이는 모든 것을 입을 헤벌린
채 멍하니 바라보고 싶었소. 그리고 그것들을 만져보고 싶었소.
막연하기 짝이 없는 나의 꿈을 태양이 키워 꽃피게 했소.
여기, 내가 기뻐해야 할 수많은 이유가 있소. 마차의 마부가 나를 기쁘
게 해주고, 정성껏 구두를 닦으며 미소짓는 구두닦이 소년들 역시 나를
기쁘게 해주고 있소. 이 얼마나 가슴 부푼 정월 초하룻날인가! 이 얼마
나 풍요로운 나날인가!

– 젊은 날의 편지

전쟁다운 전쟁을 완성하려고

온갖 색으로 뒤덮이며 점점 완성되어가는 전쟁의 그림책. 참가자들은 제각기 전쟁다운 전쟁을 완성하려고 전장에서 최선을 다한다. 그렇게만 되면 이 전쟁은 전쟁답게 마무리될 것이다.

그리고 이 전쟁은 스스로 전쟁다운 전쟁이 되기 위해 확고한 목적도 없는 탑승자들을 희생시키고 마는 것이다. 결국 이 전쟁은 뭐가 뭔지도 모르겠다는 것, 끝내 아무런 의미도 없이 끝날 것이라는 점, 그 어떤 전쟁 도식에도 들어맞지 않는다는 점, 이미 그 어떤 명분에도 부합되지 않는 꼭두각시놀음에 점잖게 줄을 잡아당기는 헛손질만 되풀이하고 있다는 점 등을 끝내 자백하려 들지 않는다.

– 전시조종사

이 밤은

수확이 이뤄지기를 기다리고 있는 포도의 밤. 추수가 유예된 밤, 날이 밝으면 내 손으로 풀어줄 포로들의 밤.

포커로 밤을 지새운 도박꾼은 눈을 붙이러 나가고, 장사꾼도 잠을 자러 갔다. 그는 순찰을 도는 파수꾼들에게 밤새 100보는 더 걸어야 한다고 경고했다. 장군도 숙소로 돌아갔다. 그는 파수꾼에게 명령을 내렸다. 선장도 잠을 자러 갔다. 그는 키잡이에게 명령을 내렸다. 그래서 키잡이는 돛대 근처에서 맴도는 오리온 성좌를 그가 있어야 할 자리로 데려온다. 명령이 득달같이 전달되는 밤. 그리고 창조가 멈춰버린 밤.

한편으로 이 밤은 인간들이 속임수를 쓰는 시간이다. 도둑들이 과일을 훔치고 불길이 곳간을 휩싸고 반역자가 성채를 점령하는 밤, 울부짖는 밤, 암초가 배를 노리는 밤. 성모의 방문이 있고 기적이 행해지는 밤, 신이 눈을 뜨는 밤……. 그리고 도둑이여, 그대가 사랑하는 그녀가 깨어나기를 기다릴 수 있기에 어둠을 틈타 도둑질을 할 수 있는 밤이다……. 망치뼈가 삐걱대는 소리를 듣는 밤, 내 백성들 속에 일일이 파고들어 있다고 느끼는 어느 날 내가 해방시켜야 할 미지의 천사 목소리를 듣듯이 망치뼈가 삐걱대는 소리를 듣고 있는 밤, 씨앗들을 받아들이는 밤, 신이 용서하시는 밤…….

– 성채

별 속에서 길을 찾다

더 이상 나는 모진 비바람을 탓하지 않겠다.

직업의 마력은 내게 또 다른 세계를 열어준다. 지금부터 두 시간 후 나는 시커먼 용과 시퍼런 번개의 머리털로 왕관을 쓴 산꼭대기와 대결할 것이다. 그리고 밤이 오면 해방이 되어, 별 속에서 내 길을 찾아갈 것이다. 그리하여 우리의 직업상 세례가 진행되고, 우리는 여행을 시작하는 것이다.

이 여행은 별다른 말썽이 없었다. 우리는 잠수부처럼 우리의 영토의 심원 속으로 평온하게 내려간다. 오늘날 이 영토는 아주 잘 탐사되어 있다. 조종사, 기관사, 그리고 무전사는 이제 모험을 하지 않고 실험실에 틀어박혀 있다. 그들은 계기바늘의 유희에만 순종하지, 풍광의 전개에는 신경 쓰지 않는다.

비행기 밖에는 산들이 어둠 속에 잠겨 있다. 그러나 이제 그것들은 산이 아니다. 접근을 계산하기만 하면 되는, 보이지 않는 세력일 뿐이다.
무전사는 등불 아래에서 수치를 적고, 기관사는 지도에 점을 찍고, 조종사는 산악의 방향이 바뀌었거나 불가피한 경우에만 진로를 정정한다.
그리고 육지에서 밤을 새는 무전사들은 똑같은 시각에 동료들에게서 전달받은 말을 슬기롭게 노트에 적는다.
'0시 40분. 궤도 230도. 기내 이상 없음.'

– 인간의 대지

지상을 내려다보며

지금 우리는 시속 530킬로미터로 비행 중이다. 그러나 모든 것이 정지되어 있다. 속도란 경마장 같은 곳에서나 존재하는 것, 여기에서는 모든 것이 공간 속에 잠겨 있을 뿐이다. 지구도 초속 42킬로미터로 돌고 있지만 태양 주위를 느릿느릿 배회하고 있지 않은가. 지구는 이런 식으로 태양을 한 바퀴 도는 데 1년이나 걸린다. 우리도 지구의 인력작용에 의해 서서히 거리를 좁히다가 결국에는 지구와 맞부딪치게 될지도 모른다.

공중전의 격렬함이란 무엇인가? 그것은 대성당 안을 떠돌아다니는 먼지와도 같은 것. 한 점의 먼지에 불과한 우리들 각자는 어쩌면 또 다른 수십 수백 개의 먼지 알갱이를 자신에게로 잡아당기고 있는지도 모른다. 그리고 이 모든 분자는 양탄자를 털 때와 같이 서서히 햇볕 위로 떠오른다.

지금 나는 박물관의 진열장을 내려다보고 있다. 흔들리지 않는 맑은 수정 아래로 내려다보이는 것은 지난 세월을 지켜온 골동품뿐이다. 골동품들은 역광선 속에 그 형체를 드러낸다.

우리의 전방 저 멀리에 나타나는 것은 덩케르크(Dunkerque, 프랑스 북부의 도시)와 바다임에 틀림없다. 그러나 사선상으로는 그리 대단해 보이지 않는다. 태양이 아주 낮게 뜬 지금, 우리는 크고 번쩍거리는 그 은빛 쟁반을 굽어보고 있다.

－전시조종사

겨 울,　그 리 고　봄

그녀는 겨울을 생각했다. 숲 속의 마른 나뭇가지를 모두 따버리고 집의
윤곽을 고스란히 드러내는 겨울. 세상이 속속들이 들여다보인다.

그녀는 지나가며 휘파람을 불어 자기 개들을 부른다. 그녀가 지나갈 때
마다 발 밑에서는 낙엽 밟히는 소리가 난다.

그러나 겨울이 이렇듯 삭정이를 골라 모두 잘라놓은 뒤에 봄이 사방에
가득 차서 나뭇가지에 올라가 새순을 돋게 하고, 깊은 물과 그 움직임처
럼 푸른 나뭇가지로 다시금 둥근 천장을 이루리라는 것을 그녀는 알고
있다.

– 남방우편기

타협을 한다는 것은

나는 터무니없는 선택으로 흰개미집의 평화를 창조하지는 않을 것이다. 그리고 머지않아 평화가 찾아오더라도 사형집행인과 감옥을 만들지는 않겠다. 흰개미집에 의해 만들어지는 사람은 흰개미집을 위해 존재하기 때문이다.

그러나 씨알이 제 집을 다음 세대에 전하지 않는다면 어떻겠는가? 그 씨알이 영속된다는 것은 아무런 의미가 없다.

당장에 술병도 있어야겠지만, 그 가치를 매기는 것은 그 속에 들어 있는 술이다. 나는 이제 더 이상 타협하지 않을 것이다. 타협을 한다는 것은 차가운 술과 뜨거운 술을 한데 섞어 마실 수도 없는 혼합물을 만들어놓고 만족하는 것이기 때문이다.

그대들이 추구하고 있는 모든 것은 바람직한 것이고, 그대들의 진실은 너무나 명료한 것이다. 또한 그대들이 흡수할 수 있는 이미지를 찾아야 할 사람은 바로 나다. 판자를 켜는 목수의 진실과 대장장이의 진실을 다 같이 잴 수 있는 잣대는 바로 선박이기 때문이다.

- 성채

나의 육신이여, 나는 널 하찮게 생각한다!

15

도망칠 수도 없기에

너무 더워서, 걸치고 있기도 힘들어서 코트는 벌써 내던져버렸다. 바람이 점점 더 험악해진다. 사막에서는 도무지 피할 곳이 없다는 사실을 알아차린다.

사막은 대리석처럼 매끈매끈하다. 낮에는 그늘 한 점 없고, 밤은 사람을 발가벗겨 바람에다 던져버린다. 보호해줄 나무 한 그루도, 울타리도, 돌도 없다. 바람은 광활한 벌판 가득 기병을 몰듯 몰아댄다. 그것을 피하느라 뱅뱅 맴돈다. 누웠다가 다시 일어난다. 눕든 일어서든 얼음의 채찍을 피할 길은 없다. 기력이 다해 달릴 수도 없기에, 저 암살자를 피해 도망칠 수도 없기에 무릎을 꿇고 쓰러진다. 두 손으로 싸맨 머리를 모래 속에 파묻으며……!

– 인간의 대지

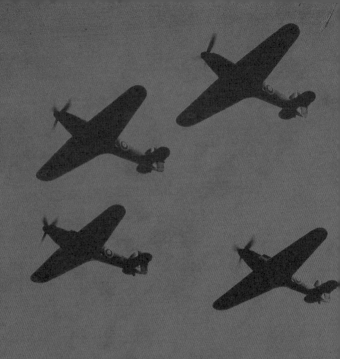

절망의 밤

힘든 밤이 될 것임을 예감하고 그는 침울해졌다. 진격했다가 퇴각하며
정복했던 영토를 내줘야 하는 밤이 될 것 같았다. 그는 조종사의 전략을
알지 못했다. 그는 금방이라도 눈앞에 다가와 부딪힐 듯이 두껍게 내린
밤에 절망하며 암담함에 사로잡혔다.

- 야간비행

정복하기 힘든 밤

리비에르는 별들이 유난히 반짝이고 공기가 너무 습하다고 생각했다. 참으로 이상한 밤이군!

밤은 빛나는 열매의 속살처럼 갑자기 군데군데 썩어갔다. 부에노스아이레스의 하늘에는 여전히 별이란 별이 모두 반짝이고 있었지만 그것은 오아시스에 불과했고, 그것도 한순간의 오아시스일 뿐이었다. 게다가 그것은 탑승원들의 행동권 밖에 있는 항구였다. 나쁜 바람이 와닿아 썩게 하는 위협적인 밤이었다. 정복하기 힘든 밤이었다.

- 야간비행

공포는 주먹을 쥐게 만든다

나는 밝은 빛 속에서 옷을 벗고 있는 작은 소녀를 보았다.

나는 어떻게 보복의 미덕을 믿게 되었는가? 군사적인 이해관계로 폭격이 가해지는 상황에서 나는 그것을 알지 못한다.

나는 포탄의 파편에 맞아 창자가 흘러나온 가정주부를 보았고, 얼굴이 찡그러진 아이들도 보았다.

나는 집중사격을 받은 당신의 재산 위에 걸터앉아 잔해를 추스르는 행상 노파를 보았다.

나는 자기 숙소 밖에서 양동이 물로 보도를 청소하는 문지기를 보았다.
그러나 나는 전시(戰時)에 이 도로에서 벌어지는 보잘것없는 사건들이
어떤 역할을 하는지 이해할 수 없었다. 정신적 역할? 그러나 폭격은 그
목표물을 바꾸었는가!

포성이 들려올 때마다 마드리드에서는 무언가가 강화된다. 망설이던
무관심은 결단을 내린다. 그것은 죽은 아이를 또 한 번 무겁게 짓누른
다. 폭격은 흩트리는 것이 아니라 통합하는 것 같다. 공포는 주먹을 쥐
게 만들고, 사람들은 통일된 공포 속에서 단결한다.

마드리드는 엄청난 타격을 입고 있으며, 사람들도 마찬가지다. 시련은
서서히 그들의 미덕을 확고부동하게 만들어준다.

– 마드리드

육체적 시련은
중요치 않다

시련, 그것은 단지 나의 육체에 한정된 것쯤으로 여겼다. 시련이란 내 육체 속에서만 받아들이는 것으로 생각했던 것이다. 그래서 나의 관점은 내 육체에서 단 한 뼘도 나아가지 못했다. 그리고 누구나 그 정도로 자기 몸 하나를 아끼고 소중히 생각한다. 몸뚱이에 옷을 걸쳐주고 씻기고 수염을 깎아주고 마시게 하고 뭔가를 먹인다. 그리하여 육체는 집에서 기르는 가축과 다를 바 없었다. 몸뚱이 하나를 끌고 양복점으로, 병원으로 데리고 다니면서 부족함 없이, 고통까지 함께 한 것이다. 함께 울기도 하고, 그와 함께 사랑도 했다. 사람들은 그것을 보고 '이건 나다!' 하고 말했다.

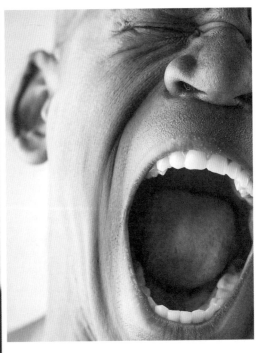

그런데 별안간 이 환상이 무너져버렸다! 갑자
기 육체 같은 것을 우습게 알게 된 것이다! 사
람들은 육체를 저급한 축으로 밀어내버린다. 누구나 격정에 사로잡히
거나, 애정에 사무치거나, 원한에 얽매이면 지금껏 뜨거웠던 유대는 이
내 싸늘한 고독으로 산산조각 나버린다.

나의 육신이여, 나는 널 하찮게 생각한다! 이미 난 너의 밖으로 쫓겨 밀
려났고, 이젠 희망도 잃어버려 나를 망칠 것이라곤 아무것도 없다. 내가
지금 이 순간까지 무엇이 되어왔든 나는 그 모든 것을 부정한다. 생각하
는 것도, 느끼는 것도 이미 내가 아니다. 그건 나의 육체일 뿐이다. 지금
껏 나는 그럭저럭 육체를 이끌고 여기까지 왔지만, 이제는 그것이 하나
도 중요하지 않음을 깨닫게 되었다.

– 전시조종사

이곳에서는 침묵조차 다르다

사하라 사막은 까마득히 단조로운 사구만 펼쳐진다. 아니, 그곳은 모래가 적기 때문에 좀더 정확히 말해 황량한 자갈밭뿐이다. 그곳에서 사람들은 언제든지 권태감에 젖어든다.

그러나 그곳에는 보이지 않는 신성(神性)이 머물러 있어, 방향감각과 경사감과 눈에 잘 보이지 않지만 살아 있는 것들을 위한 길을 만들어준다. 그래서 단조로움은 없어지고 모든 것이 자기 위치를 알게 된다. 이곳에서는 침묵조차 다른 곳의 침묵과 다르다.

사막에 흩어져 사는 부족들이 서로 화해하고, 서늘한 바람이 불어오면 황무지에도 감미로운 침묵이 깃든다. 그것은 태양이 사고와 움직임을 멈추는 정오의 침묵이다.

북풍이 잦아들고 꽃가루를 잡아떼듯 오아시스에서 쫓겨온 곤충들이 몰려와 동쪽의 모래폭풍을 예

고해주는 것은 거짓 침묵이다. 멀리서 어느 부족이 동요하고 있으면 그
것은 음모의 침묵이다. 아랍인들끼리의 비밀회의가 시작되면 그것은
신비의 침묵이다. 전령이 제 시간에 나타나지 않으면 긴장된 침묵이다.
밤에 무슨 소리에 귀기울이는 것은 예민한 침묵이다. 누군가가 자기가
사랑하는 사람을 회상할 때는 우울한 침묵이다. — 어느 인질에게 보내는 편지

물은
그대를
울부짖게
만든다

나는 '갈증이란 물에 대한 질투다' 라고 말할 수 있다. 내가 보기에 갈증 때문에 죽어가는 것처럼 고통스러운 일도 없다. 그렇다고 그 말 자체가 당신을 우둔하게 만들고, 갈증이 페스트보다 덜 고통스런 질병이라는 건 아니다.

물은 그대가 그토록 목말라하며 찾는 것이기에 그대를 울부짖게 만든다. 당신은 물을 꿀꺽꿀꺽 마시는 사람을 심지어 꿈속에서조차 보고 있다. 그리고 당신 자신은 다른 곳으로 흘러가버리는 물로부터 완전히 배반당했다고 생각한다. 마치 그대의 적에게 미소를 보내고 있는 저 여인처럼.

- 성채

부유하게,

그러나

사형을

선고받은

몸으로

그는 자신을 붙잡고 있는 수천 개의 암흑의 팔에서 헤어났다. 포승이 풀어졌다. 한동안 꽃들 사이를 혼자 걷도록 허락된 죄수처럼 '너무 아름답구나' 하고 파비앵은 생각했다.

파비앵은 보석처럼 빽빽이 쌓여 있는 벽들 사이를, 자신과 동료 외에 살아 있는 것이라곤 없는, 정말 다른 것이라곤 아무것도 찾아볼 수 없는 세계에서 방황하고 있었다. 다시는 빠져나올 수 없는 보석들로 가득한 방에 갇혀버린 우화 속 도시의 도둑들 같았다. 얼음같이 차가운 보석들 사이에서 그들은 한없이 부유하게, 그러나 사형을 선고받은 몸으로 방황하고 있었다.

– 야간비행

고통보다 참기 힘든 것

나는 내가 할 수 있는 일을 했고, 우리는 우리가 할 수 있는 일을 다 했다. 거의 마시지도 않고 60킬로미터를 걸었으니까!

이제는 더 마실 수도 없다. 더 이상은 기다릴 수 없다는 것이 우리의 오판이었을까? 어쩌면 우리는 얌전하게 수통이나 빨며 거기에 그대로 남아 있었을 것이다. 그런데 내가 주석 컵 바닥을 핥는 순간부터 하나의 시계가 작동되기 시작했다. 마지막 한 모금을 빨아 마신 순간부터 시간이 나를 강물처럼 끌고 간다 해도 내가 거기에서 뭘 할 수 있단 말인가? 정말 그렇다! 나는 이미 이 명백한 사실을 알아차렸던 것이다. 견디기 힘든 것은 아무것도 없다. 정말로 견디기 어려운 일은 아무것도 없다는 사실을 내일, 모레 나는 알게 될 것이다.

나는 고통에 대해서는 절반밖에 믿지 않는다. 나는 이미 숙고한 바 있다. 언젠가 조종실에 갇힌 채 물에 빠져 죽는 줄 알았으나 그렇게 고통스럽진 않았다. 가끔 얼굴이 으깨지는 줄 알았지만 그것도 그리 엄청난 사건처럼 여겨지진 않았다. 여기서도 나는 이제 도무지 고통을 모르게 될 것이다. 그런데 가장 견디기 힘들게 하는 것은 동료들의 눈이다. 저 기다리는 눈들을 다시 볼 때마다 불에 데는 것 같은 뜨거움이 치솟는다. 벌떡 일어나 곧장 앞으로 치닫고 싶은 충동이 나를 사로잡는다.

– 인간의 대지

불시착을 앞두고

발 밑으로 그가 불시착할 카르카손이 지나갔다.

고도 3,000미터, 상자 속에 들어 있는 목장처럼 잘 정돈된 세계. 집과 운하와 길도 모두 인간의 장난감이다. 밭마다 울타리에 닿아 있고 정원 마다 담에 닿아 있는 분할된 세계, 길을 포장한 세계, 잡화상 안주인마 다 자기 조상의 생활을 되풀이하는 카르카손. 밀폐된 초라한 행복. 그들 의 진열장 속에 또다시 잘 정리된 인간의 장난감들.

너무 진열하고 벌여놓은 진열장 속의 세계, 두루마리 지도 위에 정돈된 도시들, 천천히 움직이는 대지가 조수처럼 정확하게 대지에 옮겨놓는 도시들.

그는 자신이 외롭다고 생각했다. 고도계의 지침반 위에 햇볕이 반사된 다. 반짝이고 냉정한 태양……

방향타(方向舵)를 밟자 이내 풍경이 완전히 뒤바뀐다. 광선이 광물성이 어서 대지도 광물성으로 보인다. 생명체를 부드럽고 향기롭고 연약하 게 만드는 것이 없어진다. 그러나 가죽 재킷 속에는 미지근한 육체가 있 다. 연약한 육체의 그가 있다. 두툼한 장갑 속에는 신기한 손이 있다. 애 인의 얼굴을 손등으로 애무하던 그 손이……

– 남방우편기

생텍쥐페리 어록

Antoine-Marie-Roger de Saint-Exupéry

- 고립된 개인은 존재하지 않는다. 슬픈 자는 타인을 슬프게 한다.
- 그들이 만약 우정 때문에 당신에게 복종한다면 당신은 그들을 배신하는 셈이 된다. 당신에게는 개인으로서 남에게 희생을 요구할 권리 따위는 전혀 없기 때문이다.
- 기계는 인간을 위대한 자연의 문제로부터 분리시키지 않을 것이다. 오히려 더욱 심각한 문제로 인간을 괴롭힐 것이다.
- 미래에 관한 한 그대의 할 일은 예견하는 것이 아니라 그것을 가능케 하는 것이다.
- 부모들이 우리의 어린 시절을 꾸며주셨으니 우리는 그들의 말년을 아름답게 꾸며드려야 한다.
- 사람이 된다는 것은 바로 책임을 안다는 것이다. 자기에게 속한 것 같지 않던 곤궁 앞에서 부끄러움을 아는 그것이다. 돌을 갖다놓으면 세상을 세우는 데 이바지한다고 느끼는 그것이다.
- 사랑한다는 것은 서로를 마주 보는 것이 아니라 함께 같은 방향을 바라보는 것이다.
- 사막이 아름다운 것은 어딘가에 우물을 숨기고 있기 때문이다.

- 산다는 것은 서서히 태어나는 것이다.
- 의무의 이행이 없으면 성장이 없다.
- 인간은 상호관계로 묶어지는 매듭이요, 거미줄이며, 그물이다. 이 인간 관계만이 유일한 문제다.
- 인간의 마음을 아름답게 가꾸어주는 것은 오직 사랑을 나누어주는 일이다.
- 잃어버린 동료를 대신할 만한 것은 아무것도 없다. 오래 사귄 친구는 저절로 만들어지는 것이 아니다. 공통된 많은 추억, 화해, 마음의 격동이라는 보물만큼 값어치 있는 것은 아무것도 없다. 이런 우정들은 다시 만들어내지 못한다. 참나무를 심었다고 오래지 않아 그 그늘 밑에서 쉬기를 바란다는 것은 헛된 일이다.
- 자유와 속박은 한 가지이면서 다른 것이 되어야 하는 똑같은 필요성의 양면이다.
- 정해진 해결법 같은 것은 없다. 인생에 있는 것은 진행 중의 힘뿐이다. 그 힘을 만들어내야 하는 것이다. 그것만 있으면 해결법 따위는 저절로 알게 된다.

REPUBLICA ARGENTINA
POSTE AERIENNE
50f 30c
30 OCT 29
ARGENTINA
Sr. P. Vachet
Aeroposta Argentina
Trelew Chubut